실제 저자와 가상 저자

내재적 저자론에서 저자의 사회학까지

실제 저자와 가상 저자

내재적 저자론에서 저자의 사회학까지

———

김태환 지음

2020
문학실험실

머리말

저자는 책의 문화와 불가분의 관계가 있다. 책은 여전히 쏟아져 나오고 있지만, '저자'라는 말에 깊은 울림을 불어넣던 전통적인 책의 문화는 끝나가고 있다. 책에서만 얻을 수 있던 많은 것을 사람들은 이제 새로운 매체를 통해서, 파편화된 정보의 형태로 얻고 있다. 무게 없는 전자 신호가 묵직한 책을 대체하는 만큼, 문화적 가치의 창조자로서 저자의 존재감도 가벼워져 간다.

전통적 저자의 문화가 황혼기에 이른 지금, 저자에 관한 짤막한 책을 세상에 내놓는다. 저자 문화의 번성을 가능하게 했던 조건을 반추해보는 것은 새로운 문화를 이해하는 데 의미가 없지 않을 것이라 믿는다. 가능한 한 특정한 가치나 이념에서 거리를 두면서, 일반적 소통 구조의 한 항으로서 저자의 개념을 파악하고, 이 지점에서 저자의 부침을 야기하는 문화적 특수성에 접근하고자 했다. 더 근본적인 논의가 필요한 부분, 더 채워져야 할 부분이 많이 남아 있지만, 이후의 논의를 기약하며 여기서 일단 마무리한다.

2020년 가을
김태환

1. 서론: 저자 개념의 특수성과 보편성

저자 개념에 대한 모든 현대적 논의는 롤랑 바르트의 「저자의 죽음」과 미셸 푸코의 「저자란 무엇인가」라는 두 개의 글에서 시작한다. 바르트와 푸코의 입장 차에도 불구하고 두 사람의 공통된 생각은 우리가 알고 있는 저자, 창조적인 근대 문화의 영웅으로 인식되어온 저자가 어떤 실체 혹은 실존하는 개인이 아니라 근대 문화의 특유한 상상적 구성물이라는 것이다. 바르트에게 창조자로서의 저자는 유럽 중세의 종언과 함께 탄생한, 따라서 인류 문화사상 전무후무한 "근대적 인물"(Barthes 1984, 61)이며, 그러한 저자의 죽음과 함께 저자의 유일무이한 창조물로 여겨온 작품도 "문화의 수없이 많은 진원에서 유래한 인용문들로 짜인 직물", 즉 텍스트로 해체된다(Barthes 1984, 65). 푸코는 바르트처럼 열정적으로 저자의 죽음을 주장하지는 않고, 다만 창조적 개인으로 여겨온 저자를 저자 기능으로, 즉 담론을 분류하고 담론의 작용과 효과를 조정하는 기능으로 환원한다. 그에게도 창조적 주체로서의 저자는 근대 문화의 특징적인 형상이다. "저자 개념은 정신사, 이념사, 문학사에서, 더 나아가 철학과 과학의 역사에서 진행된 개인화 과정에 핵심적 의미를 지니는 지점이다"(Foucault 2000, 202).

이처럼 바르트와 푸코는 모두 저자 개념이 서양 근대의 개인주의 문화와 밀접한 관계가 있다고 보았다. 저자 개념은 그러한 문화가 생산한 특수한 구성물이며, 근대적 이념의 종언과 함께 그 유효성을 상실하였다는 것이 그들의 생각이었다. 저자 개념에 대한 바르트와 푸코의 해체적 선언문은 그동안 자명하게 받아들여 온 유럽 근대 문화의 핵심적인 가치를 전면 부정한 것으로 큰 충격을 주었고, 이후 1970년대, 1980년대에 이르기까지 전통적인 유럽 중심적 문화와 그 가치 체계를 부정하거나 상대화하는 정신적 조류가 지배적으로 되면서 두 사람의 저자론은 시대의 정신적 전환을 알리는 결정적 텍스트로서 자리 잡게 된다.

그러나 저자 개념의 해체는 점차 반발에 부딪히기도 했으니, 저자의 시효가 다했다는 이론적 인식이 무색하게도 저자는 일반 독자에게뿐만 아니라, 철학이나 문학의 연구자들 사이에서도 여전히 텍스트 이해에 필수적인 요소로 받아들여지고 있기 때문이다. 바르트와 푸코는 저자 개념의 해체를 선언했지만, 정작 그들 자신은 독창적인 이론을 구축한 저자로서 계속 영향력을 행사하고 논의의 대상이 되고 있다.[1] 이론적 담론 속에서는 낡아빠진 개넘으로 폄훼되는 저자가 해석의 실제에서는 생생하게 살아 있다는 이러한 모순에서 저자를 해체하는 이론에 어떤 문제가 있지 않은가 하는 반성이 촉발됐다. 학자들은 점차 강력한 이론적 공격에도 불구하고 끝내 살아남은 듯이 보이는 현실의 저자를 설명해야 하는 새로운 이론적 과제와 진지하게 대결하기 시작했다. 이것이 1980년대 후반부터 '저자의 부활', '저자의 귀환'과 같은 키워드 아래 저자에 관한 논의가 다시 시작된 배경이다. 그것은 바르트와 푸코의 입장에 대한 강한 부정에서 이 입장을 기본적으로 계승하면서 보완하는 방식에까지 폭넓게 퍼져 있다.

바르트와 푸코 이후 저자에 관해 전개된 복잡다기한 이론적 논의를 토르스텐 호프만Thorsten Hoffmann과 랑어Daniela Langer는 논의의 문제의식과 대상에 따라 크게 일곱 가지 부문으로 나누어 정리하고 있는데, 그중에서도 가장 핵심적인 다섯 개의 부문이 이 책의 논의와 관련하여 특히 흥미롭다.

---

1) 저자의 개인적 삶을 텍스트 독해에서 철저히 지우고자 한 해체주의자 폴 드 만의 사례는 또 다른 저자 문제의 역설을 보여준다. 숀 버크(Seán Burke)에 따르면 사후에 비로소 드러난 나치 치하 벨기에에서의 폴 드 만의 부역 행위(반유대주의적인 다수의 글을 잡지에 기고함), 이후 미국에서의 중혼 등은 그의 저작뿐만 아니라 학자이자 교육자로서의 인품에 매료되었던 가까운 동료들에게 커다란 충격을 안겨주었고, 폴 드 만의 이론적 텍스트를 새롭게 조명하는 계기가 되었다. 저자의 개인적 삶을 지워야 한다는 폴 드 만의 주장은 자신의 과거와 현재로부터 텍스트의 세계로 도피하여 스스로를 합리화하고자 하는 욕망의 표현으로 해석되기에 이른다. 저자의 삶을 부정하는 이론이 그 이론의 저자가 살아온 행적을 바탕으로 설명되는 역설이 성립하는 것이다(Burke 2010. p. 1-7).

1. 해석에서의 저자와 저자 기능: 문학 텍스트의 해석에서 저자가 어떤 의미를 지니는가에 관한 논의가 이 부문으로 분류된다. 텍스트의 의미 원천을 저자에게서 찾아야 하는가? 텍스트의 해석에서 저자가 준거점으로서 어떠한 역할을 하는가? 여기서 저자는 텍스트 내적 주체(내포 저자) 혹은 의미론적 기능으로 나타난다.

2. 저자 모델: 저자란 본질적으로 어떤 존재인가? 즉 어떤 존재여야 하는가? 이 물음을 둘러싸고 다양한 이념이 명멸했다. 고대의 예언자로서의 저자poeta vates에서 근대 천재 미학에서 말하는 창조자로서의 작가에 이르기까지. 바르트의 '저자의 죽음' 역시 근대 천재 미학의 폐기를 주장하는 또 다른 저자 모델로 해석될 수 있다. 저자 모델은 저자의 자기 이해와 저자에 대한 독자의 기대에 영향을 받고 또 영향을 준다.

3. 글쓰기: 바르트가 작품보다 글쓰기라는 행위를 강조한 이래 저자와 작품 사이에 놓여 있는 글쓰기 과정에 주목하는 연구들이 나타났다. 글쓰기는 작가의 의식뿐만 아니라 신체적 운동, 글을 쓰기 위한 물질적 도구가 함께 작용하는 가운데 이루어지며 작품은 작가의 의도를 말끔하게 구현해주는 어떤 완벽한 완성체가 아니라 지난한 글쓰기의 여러 단계에서 나오는 여러 판본 가운데 맨 마지막에 성립한 판본일 뿐이다.

4. 저자의 사회사적, 법적 조건: 저자 기능이나 저자 모델의 부문에서 저자가 문학적, 시학적 의미와 이미지라는 측면에서만 다루어진다면, 여기서 문제되는 저자는 역사적, 사회적 현실 속에 실존하는 인간이며, 저자의 사회적 배경, 지위, 경제적 기반, 저자로서 직면하는 법적, 제도적 조건 등이 중요한 연구 주제가 된다.

5. 익명, 필명, 허구적 저자의 문제: 구전 전승의 익명성에서 사회적 비난이나 탄압에서의 회피, 편견에서의 자유를 위한 의식적 익명성에 이르기까지, 저자가 드러나지 않는 익명성의 원인과 양상에 대한 연구(Hoffmann/Langer 2007).

매체 이론적인 문제에 가까운 글쓰기와 익명성이라는 특수 문제를 제외하면, 역시 저자 개념 자체와 관련하여 가장 핵심적인 것은 저자 기능, 저자 모델, 실제 저자 사이의 구별이다(Hoffmann & Langer 2007, 133). 그리고 이 세 가지 영역의 분류법은 독일어권에서 처음으로 저자의 귀환이라는 문제의식을 제기하면서 이에 관한 주요 이론적 논의를 포괄적으로 한데 묶어 이 분야의 표준 저서로 자리 잡은 야니디스Fotis Jannidis 등의 편저 『저자의 귀환Rückkehr des Aurors』(Jannidis 외 1999)에도 이미 정립되어 있다. 이 책의 목차 구성이 그것을 보여준다.

제1부 저자와 의도Autor und Intention

제2부 문학적 저자관Autorkonzepte in der Literaturwissenschaft

제3부 저자, 정치, 역사Autor, Politik, Geschichte

제4부 저자와 매체Autor und Medien

여기서 '저자와 의도'는 텍스트 해석에서 저자와 그의 의도에 부여되는 역할에 관한 논의로서 호프만/랑어가 말하는 '저자와 저자 기능'에 상응하고, '문학적 저자관'은 '저자 모델'에 상응하며, '저자, 정치, 역사'는 현실 속의 실존 저자에 관한 논의, 즉 '저자의 사회사적, 법적 조건'에 해당한다.

대부분의 논의에서 저자는 암묵적으로 문학작품의 작가를 가리키는 말로 사용되고 있으므로, 저자의 의도 및 해석적 기능, 문학적 저자관, 저자의 사회적 조건이라는 주제 영역도 모두 문학 연구의 맥락 속에 놓여 있다. 이를 각각 일반적인 문학 연구 문제 영역에 대응시켜 보면, 첫 번째 영역은 텍스트의 해석학에, 두 번째 영역은 저자의 이상을 수립하는 미학적 이념의 문제로서 미적 가치평가론에 해당되며, 세 번째로 저자의 사회적 조건은 문학사회학이 다루어야 할 문제다. 그런데 해석학, 미적 가치평가론, 문학사회학은 비교적 독립적인 문학 연구의 영역을 형성하기도 하지만, 사실은 서로 밀접하게 연관되어 있다. 예컨대 해석학과 미적 가치평가론은 역사적으로 긴밀한 관계 속에서 발전해왔다. 해석학이란 처음부터 신성한, 아니면 적어도 매우 중요한 가치가 인정되는 텍스트를 이해하는 방법으로서 발생한 것이며, 문학 해석학의 성립 역시 근대에 이르러 미적인 것이 신성한 의미를 획득한 것과 무관하지 않다. 더욱이 자구의 해석학에서 저자 이해의 해석학으로의 전환을 가져온 아스트, 슐라이어마흐의 해석학(손디 2004, 139-140)은 독창적 천재로서의 저자관과 그 바탕에 놓인 낭만주의적 미적 이념의 산물인 것이다.

　또한 텍스트의 해석과 미적 가치평가는 문학 활동에 참여하는 주체들의 사회적 현실과 제반 조건에 관한 문학사회학적 연구에서 도외시할 수 없는 문제다. 이를테면 페터 V. 지마는 경험적 문학사회학이 가치중립성을 표방하면서 미적 가치와 완전히 분리된 사회학적 문제에 대한 실증적 연구를 시도하는 데 대해 강력한 비판을 제기하면서 텍스트 속에서 미적인 것과 사회학적인 것의 변증법적 관계를 추적하는 텍스트 사회학을 구상한다(Zima 1980). 피에르 부르디외는 미적 이념이 문학장champ littéraire의 주도권을 쥐기 위한 투쟁에서 중요한 역할을 한다는 것을 밝힌다. 이미 확립된 권위를 지닌 작가들과 새로운 미학적 강령으로 이러한 권위에 도전하는 젊은 작가들 사이의 대립은 미학적 대결일 뿐만 아니라 고도로 정치적인 의미를 지니는 투쟁이기도 하다. 이때 그들의 입장과 전략은 그들이 문학의 장 내에서의 권위나 인정認定이라는 상징자본을 어느 정도 확보하고 있느냐에 따라 달라진다(Bourdieu 1992, 290).

　텍스트의 해석학과 미적 가치론, 문학사회학이 각각 분명히 구별되는 독자적인 문제의식에 바탕을 두면서도 서로 긴밀하게 연결되어 있다면, 이러한 구별과 결합의 양면은 저자 개념의 상이한 측면을 연구하는 데도 반드시 고려되어야 한다. 즉 해석학, 미적 가치론, 문학사회학이 각기 다른 차원의 문제를 다루기 때문에 저자 이론도 이에 상응하여 저자 개념의 세 가지 문제 영역을 나누어야 한다고 말할 수도 있지만, 저자라는 존재야말로 해석학과 미적 이념, 문학사회학의 문제가 하나로 연결되는 핵심적 고리라고 볼 수도 있다는 것이다. 저자는 호프만과 랑어가 말하는 것처럼 해석의 준거점이기도 하고(저자 기능), 어떤 미적 이념의 이상적 구현자이기도 하며(저자 모델) 사회적 현실과 씨름하는 살과 피와 욕망을 가진 인간이기도 하다(실제 저자). 저자는 언어적, 의미론적 주체이고 미적 주체이면서 동시에 사회적 주체다. 우리는 저자가 이러한 상이한 측면들로 분산되어 나타나는 것을 인식하는 동시에 이들이 모두 저자라는 하나의 문제로 수렴된다는 것도 잊어서는 안 된다. 텍스트 의미의 준거점 역할을 하는 저자와 위협받는 저작권과 경제적 이익을 지키기 위해 목소리를 높이는 저자 사이에는 어떤 관계가 있는가? 우리는 이처럼 텍스트 자체에 가장 가깝게 밀착해 있는 듯이 보이는 저자의 해석학적 기능에서 텍스트와 가장 멀리 떨어져 있는 듯이 보이는 생활인으로서의 저자에까지 이르는 연결 고리를 찾아내야 하고 그렇게 할 때 저자의 다양한 의미를 포괄하는 전체적인 저자 이론의 모델을 구축할 수 있을 것이다.

또 하나 문제 제기가 필요하다고 생각되는 것은 저자 이론의 논의가 지금까지처럼 대체로 문학 연구의 맥락에서, 주로 문학자들에 의해 이루어질 때 봉착하는 한계에 대해서다. 문학적, 비문학적 담론의 저자 모두를 아우르는 논의에서도 핵심적인 문제의식은 대체로 문학적 저자 쪽에 쏠려 있는 것을 볼 수 있다. 「저자란 무엇인가」가 "누가 말하는지, 누가 상관하는가"라는 사무엘 베케트의 인용구로 시작되는 데서도 짐작할 수 있듯이(Foucault 2000, 202) 문학 연구자가 아닌 푸코에게도 저자 기능의 역사적 상대성을 성찰하는 계기는 저자란 독창적 천재이며 무한하게 풍부한 의미가 그러한 저자에게서 생성된다는 문학 이념의 위기에서 온다. 문학자인 호프만과 랑어가 기본적으로 문학적 맥락에서 창조자로서의 저자, 작가로서의 저자를 전제하고 논의를 전개하는 것은 물론이다. 『저자의 귀환』의 공동 편집자이기도 한 야니디스, 라우어, 마르티네즈, 빙코가 함께 쓴 서문에서도 저자Autor는 거의 전적으로 문학적 저자, 즉 작가, 시인 등의 의미로 사용된다(Jannidis 외 1999. 3-35).[2]

저자의 문제를 주로 작가, 즉 문학적 저자에 한정하여 논의하면서도 명시적으로 문학적 저자의 이론이라고 밝히지 않고 저자

2) 한국어에서는 저자와 작가를 어느 정도 개념적으로 구별한다. 소설가를 소설의 저자라고 할 수 없는 것은 아니지만, 저자는 비문학적인 책을 쓴 사람을 가리키는 말에 가깝고 작가는 거의 전적으로 문학적 창작의 주체를 의미한다. 그래서 서양 언어의 Autor/Auteur/Author 라는 개념은 문맥에 따라 저자나 작가로 구별하여 번역할 수 있다.

일반에 관한 이론을 자처하는 태도에는 문학적 저자가 저자 일반을 대표하는 것이라는 관념이 은연중에 작용하고 있다. 그러한 시각은 문학의 역사에서 등장한 작가와 시인의 상이 저자관 일반에 미친 영향을 과대평가하게 한다. 예컨대 저자 문제와 관련하여 전근대를 익명성의 시대로, (서양의) 근대 이후를 저자의 시대로 보는 통념은—바르트와 푸코의 에세이도 이러한 편견을 어느 정도 답습하고 있거니와—근대에 이르러 독창성의 이념과 함께 비로소 작가나 예술가 개인의 이름이 중요해졌다는 관찰에 근거하고 있다.[3] 그러나 문학을 넘어서는 모든 담론, 모든 텍스트의 저자를 대상으로 고찰의 범위를 넓혀가면, 저자 이름의 중요성이 생각보다 훨씬 더 보편적으로 인정되어왔으며, 새로운 경지를 개척한 텍스트의 저자일수록 그 이름이 더 중시되는 것이 반드시 서양의 근대, 심지어 18세기 이후의 특수한 관습은 아니라는 것을 확인할 수 있을 것이다. 예를 들어 중국 제자백가 시대의 사상가들은 특히 그들의 말을 담은 책을 통해 널리 알려졌으며,[4] 중국 시인들은 일찍부

---

3) 국내에서 보기 드문 저자론에 대한 연구서 『저자의 죽음인가, 저자의 부활인가』도 이러한 인식을 당연하게 전제하고 있다. "문학이론에서 잘 알려져 있듯이 저자 개념은 분명 서구 근대의 사회적 산물로서 정치, 경제 및 문화예술에 의해 복합적으로 산출된 근본 개념이다. 근대 이전에는 적어도 근대적 성격의 저자란 존재하지 않았다. [⋯] 저자의 근본 성격은 창작행위에 관한 결정적인 원천과 근원을 가리킨다"(최문규 외 2015, 1-2). 여기서 저자의 의미는 특히 예술적 (문학적) 창조성에서 온다.

4) 예컨대 공자는 직접 책의 내용을 글자로 옮겼다는 의미에서 저자는 아니다. 그러나 『논어』의 내용 대부분이 공자가 한 말로 이루어졌다는 점에서, 공자는 이 책의 저자라고 할 수 있다. 맹자는 더 강한 의미에서 『맹자』의 저자라고 할 수

터 문명을 떨쳤다. 이는 중국에서 소설이 근세에 이르기까지 익명적으로 유통된 것과 대조적이다.

이 책은 기존 저자 이론의 문학 중심적 관점을 탈피하여 일반적인 의미의 저자 이론을 정립하고자 하는 시도이다. 작가, 즉 문학적 저자에 관한 논의를 위해서도, 저자라는 포괄적인 개념을 내세운 채 사실상 문학적 저자에 대한 논의를 펼치기보다는, 문학적, 비문학적 텍스트의 저자 전체에 적용될 수 있는 일반적인 틀을 정립하고 여기에서 출발하여 문학적 저자의 특수성에 대한 문제로 들어가는 것이 합당하다.

그러므로 저자 이론의 세분화된 문제들, 즉 저자의 해석학적 기능, 저자관(저자 모델), 저자의 사회적 조건 등의 문제 역시 문학작품의 해석학, 문학적 가치평가론, 문학사회학과 같은 문학 연구의 영역에 한정하지 않고, 저자가 있는 텍스트 모두를 아우르는 일반적인 문제로서 논의할 필요가 있다. 우리가 텍스트의 의미를 해석할 때 저자는 어떤 기능을 하는가? 책이나 글의 저자가 된다는 것에 우리는 어떤 의미와 가치를 부여하는가? 저자의 기능과 가치는 어떤 사회적 조건과 결부되어 있는가? 이러한 문제들은 텍스트의 해석학, 텍스트의 가치평가론, 텍스트의 사회학을 아우르는 일

있으니, 외적으로는 누군가가 맹자가 참여한 대화를 인용하는 형식이지만, 적어도 맹자 자신이 책의 편찬에 상당히 간여한 것이 인정되기 때문이다(스스무 2013, 21). 제자백가 시대의 수많은 사상서들이 사상가들 자신의 이름을 제목으로 하여 전승되었다는 사실은 중국 문화 전통에서 텍스트의 원천으로서의 저자가 얼마나 중시되었는지를 짐작하게 한다. 여기서 텍스트는 곧 저자다.

반적인 텍스트학의 차원에서 다루어져야 한다.

이상의 문제의식을 바탕으로 다음에서는 기존의 많은 논의에서 분리되어 다루어진 저자 문제의 다양한 국면을 총체적으로, 또 가장 일반적인 수준에서 다룰 수 있는 이론적 틀의 구축을 시도할 것이다. 출발점을 이루는 것은 언어적 소통의 본성과 그 가운데서 문어 소통이 나타내는 특성에 대한 고찰이다. 여기에서 서서히 저자 개념이 정립될 것이다. 저자는 실존하는 인간인 동시에 소통 과정에서 독자의 의식 속에서 구성되는 가상적, 환상적 존재다. 한편으로 실존하는 인간으로서의 저자와 구성된 가상으로서의 저자는 분명히 구별되지만, 다른 한편으로는 양자의 동일시가 의미 있는 언어적 소통을 위한 기본 조건이라고 할 수 있다. 독자는 독해 과정에서 텍스트의 의미를 파악하고 그 의미의 생산자로서 저자를 상상적으로 구성하는 동시에, 그렇게 구성된 가상 저자와 현실에서 저자로 불리는 실존 인물을 동일시한다. 독자는 저자를 구성하고 인지한다. 저자 구성과 저자 인지는 저자-텍스트-독자로 이어지는 문어적 소통 과정에서 독자가 수행하는 핵심적 조작이다. 두 조작의 결합을 통해 저자와 텍스트 사이에서 변증법적 상호 작용이 일어난다. 텍스트의 의미가 저자 구성을 통해 의미 생산자로 상상된 저자의 가치가 되고 그 가치는 저자 인지를 통해 텍스트 바깥에 있는 실존 인물로서의 저자에게 전이된다. 가치의 전이는 역방향으로도 일어난다. 텍스트 바깥에 있는 저자의 가치가 저자 인지와 저자 구성을 거치면서 텍스트의 방향으로 흘러들어 가기 때문이다. 의미 있는 텍스트가 저자의 명예를 높여주고, 저자의 명성은 텍스트를 의미심장하게 한다. 저자 구성과 저자 인지를 통해 해석학적 단위로서의 저자와 문화적 가치 창조자로서의 저자, 사회적 존재로서의 저자가 결합하고, 이에 따라 의미론적 가치가 사회문화적 가치로, 사회문화적 가치는 의미론적 가치로 변환된다. 저자 인지의 실패, 즉 익명성은 그러한 가치의 전이 가능성을 파괴하며, 저자는 텍스트 독해를 통해 구성된 가상적 발화 주체로만 나타난다. 텍스트와 저자 사이의 변증법은 중단된다. 저자는 텍스트에 반영된 모습으로 남는다.

위 단락에서 서술한 내용이 이 책에서 정립하고자 하는 저자 이론의 개요다. 앞으로 이 이론에 관해 상론하는 과정에서 우리는 특히 저자 인지의 중요성이 서양 근대에 이르러 비로소 부각되었다는 통념과 달리, 저자 인지가 문어적 소통 과정 일반에서 의미 구축의 본질적 계기를 이루며, 이에 역행하는 익명성이 오히려 특수한 역사적, 사회적, 문화적 조건 속에서 나타나는 현상임을 확인할 것이다.

이 책의 마지막 부분에서는 문학적 담론, 그중에서도 서사문학에서 저자 문제가 가지는 특수한 성격에 대해 고찰해볼 것이다. 저자 인지가 문어 소통의 기본값이고 익명주의가 오히려 특수한 현상이라는 관점을 택하고 나면, 전근대적 서사문학에서 익명주의가 광범위하게 나타나는 것이 아직 근대적 저자관이 성립하지 않았기 때문이라는 편리한 설명에 만족할 수 없게 된다. 왜 유독

서사문학의 저자들에게서 저자 인지를 거부하고 익명으로 남으려는 강력한 경향성이 발견되는가? 이러한 익명화 경향에 어떤 특별한 원인이 있다면 근대적 서사문학에서는 그 문제를 어떤 방식으로 극복하여 익명성을 탈피하고 작가를 가장 대표적 저자의 형상으로 끌어올릴 수 있었는가? 이러한 문제 제기는 서사문학의 저자 문제를 바라보는 새로운 시각을 열어줄 것이다.

2. 문어 소통의 이론

1) 언어 소통의 일반 모델: 실제 의도와 구성된 의도

잘 알려진 것처럼 로만 야콥슨은 언어의 기능을 설명하기 위해 다음과 같은 의사소통 모델을 제시한 바 있다.

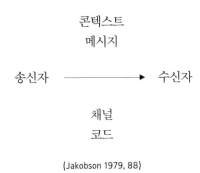

(Jakobson 1979, 88)

위의 모델은 원칙적으로 모든 종류의 기호를 통한 소통 과정에 적용할 수 있겠지만, 야콥슨이 염두에 둔 것은 언어적 소통이고, 여기서도 언어적 소통 과정을 기술하기 위한 모델로 사용할 것이다. 이를 분명히 하기 위해 송신자는 발화자로, 그리고 수신자는 발화자의 말을 듣는 청자로 바꾸어 부르기로 하자. 발화자는 말하고자 하는 바를 문법적 코드(약호)에 따라 언어로 표현한다. 그것이 메시지, 즉 전언이다. 야콥슨은 발화자가 말하고자 하는 바가 무엇과 관련되어 있느냐에 따라서 언어의 기능을 6가지로 분류한다. 전언이 소통 당사자와 언어 자체를 제외한 외부의 현실(콘텍스트)과 관련된 것이면 지시적 기능, 발화자의 내적 상태와 관련된 것이면 감정 표현 기능(감탄문 같은 것), 명령문과 같이 청자에게 영향을 주려는 것이면 능동적 기능, 발화자와 청자 사이에 소통 가능한 관계를 수립하기 위한 것, 즉 채널과 관련된 것이면 친교적 기능("잘 들리시나요?"), 언어 자체의 코드와 관련된 것이면 메타어적 기능("소쿠리가 뭐죠?"), 마지막으로 전언 자체에 주의를 끌게 하는 것이면 시적 기능이다("꺼진 불도 다시 보자"와 같이 운율을 넣어서 그 말 자체가 돋보이고 더 잘 기억되게 하는 기능). 야콥슨은 이렇게 언어적 의사소통에 관여되어 있는 여섯 가지 요소를 제시하고 메시지가 무엇과 관련되느냐를 기준으로 언어의 기능을 분류할 수 있다고 본 것이다(Jakobson 1979, 88-96).

야콥슨이 언어적 소통과정을 언어의 기능에 따라 규정한다면, 여기에는 언어가 일정한 목적에 봉사하는 도구라는 전제가 함

축되어 있다. 그렇다면 언어라는 도구를 사용하여 무언가를 하고
자 하는 주체, 언어를 통해 어떤 목표를 달성하고자 하는 주체는
누구인가? 일차적으로 언어적 표현을 생산하는 발화자가 그러한
주체라고 할 수 있을 것이다. 발화자는 어떤 의도를 먼저 품고 그
의도를 실현하기 위해 언어의 문법적 코드에 따라 말을 만들어내
고 발설하는 주체다.

　　이렇게 발화자를 언어적 소통 행위의 주체라고 본다면, 소통
과정의 또 다른 주체인 청자는 어떤 역할을 하는가? 발화자가 자
신의 소통 행위의 목적을 달성하느냐 여부는 청자에게 달려 있다.
소통 행위의 특수성은 행위 주체인 발화자의 의도가 그 주체가 마
주하고 있는 제2의 주체인 청자의 협조를 통해 비로소 실현된다
는 데 있다. 청자는 자신에게 전달된 말을 듣고 그 말을 언어의 문
법적 코드에 따라 해독할 뿐만 아니라 발화자가 그 말을 자신에
게 한 이유, 즉 발화자가 그 말을 청자에게 함으로써 실현하고자
하는 목적 또는 의도까지 이해해야 한다. 소통의 과정은 여기까지
이루어져야 일단 완결된다. 소통 행위의 의도는 소통 행위의 상
대방이 그것을 이해해줌으로써 비로소 실현될 수 있다. 예컨대
발화자가 친교적 목적으로 "좋은 날이네요"라고 말했는데, 청자
가 이를 단순히 지시적 의도로만 이해하여 "모르시는 말씀입니
다. 맑은 것처럼 보여도 미세먼지 농도가 높게 나오는 걸요"라고
면박을 준다면 발화자의 의도는 실현되지 못하고 소통은 좌절될
것이다.

발화자는 일정한 의도에 따라 말을 생산하고 청자에게 전달한다. 그런데 그 말을 받는 입장에 있는 청자에게서는 이와 반대 방향의 과정이 일어난다. 청자는 말을 먼저 듣고 그다음에 그 말에서 발화자의 의도를 구성한다. 발설된 말은 물론 발화자의 의도가 원인이 되어 만들어진 결과물이지만, 청자에게는 말을 청취한 결과로 비로소 발화자의 의도가 나타난다. 한편에 말의 원인이 된 발화자의 의도가 있고, 다른 한편에 말의 결과로 청자의 머릿속에 그려진 발화자의 의도가 있다.

그런데 위의 예에서 본 것처럼 말을 낳은 발화자의 실제 의도와 청자의 의식 속에서 재구성된 의도 사이에는 편차가 있을 수 있다. 야콥슨의 언어적 소통 모델을 일차적으로 구어적 상황에 적용해보자. 여기서는 발화자의 마음에서 의도가 발생하고 그것이 말로 표현되고 청자에게 그 말이 해독되고 화자의 의도가 파악되기까지의 과정이 아주 짧은 시간 동안에 진행된다. 발화자는 발화자대로 의도와 그것의 구현물인 말 사이에서 거의 거리를 느끼지 못하고(어떤 생각이 떠오른 뒤에 그것이 말로 옮겨지는 과정은 거의 무의식적이고 자동적으로 이루어지기 때문이다), 청자는 청자대로 말을 말 자체로 청각적으로 지각하는 것과 거기에서 의도를 파악하는 것이 서로 구분되는 과정이라고 느끼지 못한다(말소리에서 말뜻으로 가는 과정 역시 거의 자동적으로 진행되기 때문이다). 이는 발화자 쪽에서나 청자 쪽에서나 의도와 말 사이의 거리가 크지 않고 의도와 말 사이의 관계가 복잡하지 않음을 시사한다. 따라서 발화자의 실제 의도와 청자가 구성한 의도가 좀처럼 어긋나지 않을 것이라고 생각할 수 있다. 더구나 발화자와 청자가 구어적 상황에서는 같은 시공간 안에 함께 존재하는 까닭에, 말 외에도 발화자의 의도를 짐작하게 하는 여러 종류의 기호들(몸짓, 표정, 음조 등)이 동시에 청자에게 전달되고, 이 역시 실제 의도와 구성된 의도의 편차가 발생하는 것을 방지해 준다. 발화자는 자신이 만들어낸 말의 곁에 계속 머물러서 오해가 발생하지 않도록 개입한다.

그럼에도 양자 사이에 편차가 발생할 가능성은 사라지지 않는다. 그 이유는 화자의 의도란 결코 그 자체로 직접 청자의 눈앞에 제시될 수 있는 것이 아니기 때문이다. 의도는 언어라는 도구와 이에 대한 일정한 해석, 일정한 구성 작업을 매개로 해서만 전달되는 것이다. 발화자의 머릿속에서 의도가 발생하는 과정과 그가 한 말의 효과로 청자의 머릿속에서 발화자의 의도가 재구성되는 과정은 근본적으로 분리되어 있고 이 때문에 실제 의도와 구성된 의도 사이에는 어긋남의 가능성이 상존한다. 그것이 인간의 언어적 소통이 안고 있는 근본 조건이고, 이는 문어적 소통과 저자의 문제에 대한 고찰에서 특히 중요한 의미를 지닌다.

2) 문어 소통의 특수성: 소통 주체와 전언의 분리

그러면 이러한 언어적 소통 모델을 말의 영역에서 글의 영역으로, 구어적 소통에서 문어적 소통으로 옮겨와 적용할 수 있을까? 일반적으로 글 역시 발화 주체의 일정한 의도에 봉사하는 도구적 성격을 가진다는 점에서 말과 같으며, 발화자—글이므로 필자라고 하자—의 소통 의도가 실현되려면 전언을 받아들이는 수신자—글의 경우에는 청자가 아니라 독자—가 그 의도를 이해해주어야 한다는 점도 구어적 소통에서와 다르지 않을 것이다. 다만 차이는 문어적 소통에서 발화자의 일정한 의도가 전언을 낳고, 전언이 독자에게 전달되고, 전언 속에 담긴 의도가 수신자의 의식 속에서 재구성되는 과정이 구어적 소통에서와는 근본적으로 다른 조건 속에서 일어난다는 데 있다. 그리고 이에 따라 소통 과정 자체에 어떤 본질적인 변화가 일어난다.

위에서 살펴본 것처럼 일상적인 구어적 상황에서는 생각(의도의 발생), 전언의 생산, 전달, 수용, 이해의 과정이 거의 동시에 진행된다. 음식이 너무 싱겁게 느껴져서 소금이 필요하다는 생각이 들고, 그래서 옆에 앉은 사람에게 "소금 좀 건네주시겠어요?"라고 묻고, 옆 사람은 그 말을 듣고 그 말이 뭔가 궁금한 것에 대해 답을 달라는 요청이 아니라 음식에 소금을 더 넣고 싶다는, 그래서 소금이 필요하니 그것을 건네달라는 요구라는 것을 이해하고 소금을 건네주기까지의 과정은 일정한 순서에 따라 진행되지만, 그 선후 관계를 따지는 것이 불필요하게 느껴질 정도로 전 과정이 아주 짧은 시간 동안에 일어나고 완결되어버린다. 말의 생산과 전달이 거의 동일한 과정이고(물론 엄밀하게 말하면 머릿속에서 말이 구성되는 과정과

그것을 음성적인 소리로 전환하여 발성하는 과정을 구별할 수 있을 것이다),
생산 및 전달과 거의 동시에 수용과 이해가 일어난다. 여기서 지체
가 발생하면 아예 소통이 이루어질 수가 없다. 우리가 익숙하지 않
은 외국어로 소통하려면 이런 문제가 발생한다. 수용과 이해가 생
산과 전달을 따라가지 못하면 알아들을 수가 없고, 생산과 전달이
수용과 이해를 따라가지 못하면 듣는 사람의 주의를 붙잡아둘 수가
없다. 구어적 소통 과정은 발화자와 청자, 송신자와 수신자가 실시
간적이고 동시적으로 참여하고 경험하는 과정이다.

　　문어적 소통에서는 이 조건이 깨진다. 송신자와 수신자를 단
단히 묶고 있던 시간의 굴레가 사라진다. 시간의 구속이 사라지면
서 동시성의 조건 속에 결합되어 있던 다양한 과정들이 뚜렷하게
분리되어 저마다 별개의 과정으로 자립할 가능성이 생겨난다. 그
것은 말과 달리 글이라는 전언이 시간의 축에서 독립하기 때문이
다. 글을 쓰기 위해 생각하는 시간, 글을 쓰는 시간, 쓴 글을 전달하
고 전달받는 시간, 글을 읽고 이해하는 시간이 모두 분리된다. 시
간의 분리와 함께 그 과정에 참여하는 주체와 전언도 분리된다. 필
자와 독자가 분리되고, 전언으로서의 글도 필자와 독자 모두에게
서 분리되어 자립적으로 존재하기 시작한다. 독자가 글을 읽을 때
필자는 함께 존재하지 않는다. 그러나 글은 필자와 분리된 이후에
도 여전히 그의 소통 의도를 실현하는 도구로서의 성격을 유지한
다. 독자는 글이 그저 자연적으로 거기 있는 것이 아니라 누군가에
의해 작성된 것이며 그 사람의 의도를 구현하는 매체라는 것을 인

식한다.[5] 독자는 필자가 부재중인 상태에서 필자가 남긴 글에만 의지하여 필자의 의도를 재구성하며, 그러한 의도를 가진 주체로서의 필자, 어떤 인간적-언어적 주체를 상상한다. 그런데 필자의 부재라는 조건은 수신자, 독자의 의식 속에서 일어나는 송신자 의도의 재구성 작업이 해당 주체 자신의 통제 없이 이루어진다는 것을 의미한다. 그리하여 실제 의도와 구성된 의도 사이에 편차가 발생할 가능성, 그리고 일단 편차가 발생한 뒤에 교정되지 못할 가능

5) 인간은 언어적 전언을 접하는 순간 자동적으로 일정한 의도에 따라 그것을 만들어낸 인간 주체의 존재를 상정한다. 언어적 전언뿐만 아니라 자연 상태에서 쉽게 나타나지 않을 특성을 나타내는 사물을 접하면 어떤 의도를 가진 주체가 그 사물을 만들어낸 원천으로서 존재한다고 상상하는 경향을 보인다. 아이블은 이를 의도론적 설명 모델이라고 부르면서, 그것을 논리적, 인과적 설명 모델과 함께 인간이 정신적 진화 과정에서 획득한 생래적 능력 혹은 성향으로 본다. 의도론적 설명 모델이 본래의 타당한 범위를 넘어서 비인간적 사물이나 자연, 우주 전체에 확장되면 창조주로서의 신에 대한 신앙이 생겨난다(Eibl 1999, 51-52). 이러한 논리는 예술작품의 수용에도 그대로 적용될 수 있다. 무카르조프스키는 이미 1944년에 다음과 같이 말한 바 있다. (작품의) "창조자는 필연적이다. 우리는 자연대상이 어떤 우연의 조화로 예술품처럼 보이는 형상을 이루었을 때조차 자동적으로 그 배후에 그것을 만든 주체가 있으리라고 추측하기 때문이다"(Mukařovský 2000, 68).

6) 글이 작성되는 순간부터 필자의 몸에서 떨어져나와 필자의 부재 속에서 유통된다는 사실에서 바르트는 '저자의 죽음'을 글쓰기의 일반 원리로 격상시킨다. 그는 발자크의 소설 문장이 무엇을 뜻하는지 물은 뒤에 이렇게 말한다. "우리는 결코 알 수 없을 것이다. 글(에크리튀르)은 모든 목소리를, 모든 기원을 파괴하기 때문이다. 글은 우리의 주체가 달아나버린 불확실하고 혼성적이며 비스듬한 지대, 글 쓰는 자의 몸 자체에서 시작하여 모든 정체성이 소멸해가는 흑백의 지대다"(Barthes 1984, 61). 그러나 독자에게서 이렇게 소멸한 주체를 복원하기 위한 노력이 시작된다. 독자는 글 배후에 있는, 달아나버린 주체를 향해서 글을 읽는다.

성이 현저하게 커진다. 독자는 필자를 영영 만나지 못할 수도 있기 때문이다.[6]

3) 과정으로서의 글쓰기: 의도와 매체의 변증법

그런데 문어적 소통 과정에서 실제 의도와 구성된 의도 사이의 편차는 단순히 오해라고 할 수 있는 경우, 예를 들면 친교적 의도가 지시적 의도로 잘못 받아들여지는 식의 실패한 소통에서만 발견되는 것은 아니다. 문어적 소통에서는 성공한 소통에서조차 실제 의도와 구성된 의도 사이에 편차가 존재한다. 오히려 바로 그 편차가 글을 통한 소통의 메커니즘이 작동하는 데 필요한 본질적 조건이라고 말할 수 있다.

우선 문어적 소통에서 송신자 쪽의 작용, 즉 글쓰기를 하나의 과정으로 기술해보자. 필자에게는 글을 쓰기 이전에 글을 통해서 독자에게 어떤 메시지를 전달하겠다는 의도가 있다고 할 수 있을 것이다. 글을 쓰겠다는 결심 자체가 일정한 의도를 전제한다. 따라서 의도의 발생이 맨 앞에 온다. 필자는 이제 그 의도를 어떻게 글로 구현할지 머릿속으로 계획을 세울 것이고, 다음에는 그 계획에 따라 머릿속에서 문장들을 구성할 것이다. 그리고 그 문장들을 글자로 옮긴다. 맨 마지막에 오는 것은 실제로 종이 위에 적힌 글을 독자에게 전달하는 과정이다. 사적으로는 종이를 건네거나 편지를 부치는 행위, 공적으로는 출판이 이 단계에 해당된다. 전자 매체의 경우 전달의 절차는 극히 간단하다. 클릭 한 번으로 글이 발표되고 전송되기 때문이다.

구어적 소통의 경우에도 말의 전달이 전체적으로 이와 유사한 순서와 절차를 거치며 이루어진다고 할 수 있겠지만, 글쓰기에서는 과정 전체가 훨씬 더 늘어지고 각 단계마다 상당한 저항이 나타난다. 여기서 저항이란 주체가 무언가를 의도하여 그것을 실현하는 과정에서 부딪히는 모든 어려움을 말한다. 인간이 자신의 목적을 위해 동원하는 모든 수단에는 이런 저항의 계기가 있다. 따라서 언어와 같은 소통 매체도 의도에 저항한다. 단지 일상적인 구어적 소통에서는 이러한 저항이 워낙 작아서 주체가 그것을 거의 느끼지 못할 뿐이다. 적어도 그가 언어를 자유롭게 구사할 줄 아는 모국어 화자이거나 이에 가까운 능력을 가진 사람이라면 말이다. 앞에서도 언급한 것처럼 그때그때 발생하는 의도에 따라 머릿속에서 말을 만들고 이를 발설하기까지의 과정이 고도로 자동화되어 일사천리로 진행되는 까닭에, 구어적 소통은 여러 단계의 과정이 분화되지 않은 채 일시에 함께 이루어지는 것처럼 느껴진다. 소통 의도와 소통의 매체, 목적과 수단은 거의 구별되지 않는데, 이는 매체/수단이 의도/목적에 거의 거역함이 없이 밀착하여 주어진 기능을 대단히 효과적으로 수행하기 때문이다.

이와 반대로 글쓰기 과정은 늘 커다란 지연과 저항을 특징으로 한다. 지연과 저항의 크기는 우선 글쓰기와 정보 전송의 테크놀로지와 관련된 변수다. 돌에 글자를 새겨넣는 글쓰기보다는 먹을 갈아서 붓으로 쓰는 글쓰기가 저항이 작고, 이보다는 잉크와 펜이, 이보다는 만년필, 볼펜이, 이보다는 타자기가, 이보다는 컴퓨터가 저항이 작다. 글쓰기의 테크놀로지의 역사는 글 쓰려는 의지를 가진 주체에 대한 글의 물질적 저항을 줄여온 역사다. 전달과 관련해서도 마찬가지 이야기를 할 수 있다. 오늘날 문서전송 기술은 전달에 대한 저항을 거의 0에 가깝게 만들었고, 문어적 소통에 구어적 실시간성을 부여한다.

그러나 이러한 물질적 조건 외에도 글쓰기 과정에는 더욱 본질적인 저항의 계기가 있다. 글쓰기 도구를 아무리 편리하게 만들어도 글은 여전히 필자에 저항한다. 그것은 특히 문자 매체가 언어에 새롭게 열어준 가능성과 관계가 있다. 문자는 구어적 소통에서 사용되는 언어 매체, 즉 음성을 통한 즉흥적 말하기에서는 상상할 수 없을 만큼 복잡하고 큰 규모의 '말하기'를 가능하게 해준다. 글이란 긴 말이다. 문자 매체는 상당한 길이로 다양한 내용을 전개하면서도 이들을 하나의 전체적 메시지로 통합시키는 특수한 종류의 말, 즉 글을 탄생시켰다.[7] 그중에서도 특히 길고 복합적인 글의 경우, 필자가 글을 쓰기 전에 이미 머릿속에 글의 의도를 완성된 형태로 확정한 뒤에 그 의도를 충실하게 구현하기 위해 글을 쓰기

---

7) 월터 J. 옹은 고대의 웅변술(수사학)도 순수한 구어적 문화가 아니라 문자 문화의 영향 속에서 글을 바탕으로 한 연구가 발전시킨 소통의 기술이라고 말한다. 구어적 연설도 수사학적 연구를 위해 글로 남겨졌다(Ong 2012, 9-10).

시작한다고 말하기는 어려울 것이다. 음식이 싱겁다고 생각하고 "소금 좀 줄래?"라고 말하는 때 성립하는 의도와 언어 매체 사이의 순조로운 관계는 여기서 찾아볼 수 없다는 것이다. 물론 필자는 어떤 의도를 가지고 글을 쓰기 시작하겠지만, 자신의 의도를 잘 반영하는 표현이나 문장이 잘 찾아지지 않아 고심하기도 하고 일단 쓴 다음에 지우기도 할 것이다. 이처럼 의도에 맞는 말을 찾는 과정에도 이미 글이라는 매체의 저항이 일어난다. 더 나아가 일단 몇 개의 문장을 적고 나면, 글을 시작할 때 생각한 의도가 그렇게 적힌 문장을 통해 비로소 좀 더 구체화되기도 하고, 필자는 그 과정에서 새로운 생각이 떠오르는 바람에 처음 의도 속에 들어 있지 않던 방향으로 문장을 이어 나갈 수도 있다. 게다가 최초의 의도가 수정되거나 아예 부정되고 완전히 새로운 의도로 대체되는 것도 충분히 있을 수 있는 일이다.

구어적 소통에서 말이 의도에 너무 고분고분하게 따르기 때문에 의도와 말이 거의 하나가 된 것처럼 느껴진다면, 글의 경우에는 이와는 다른 의미에서 소통 의도와 소통 매체가 잘 구별되지 않는다. 양자는 너무나 복잡하게 얽히고설켜 있기 때문에 무엇이 무엇을 낳았다고 말하는 것 자체가 거의 불가능해지는 것이다. 글에서는 의도가 먼저 있어서 그 의도의 절대적 지배에 따라 그에 부합하는 말이 생성되는 것이 아니다. 필자는 글을 아주 불완전한 의도에서 시작할 수밖에 없으며, 의도의 불완전성은 매체에 대한 의도의 지배력 또한 지극히 불완전하게 만든다. 글은 의도에 저항하고, 의도를 보충하고, 교정하며, 방향을 새롭게 설정하는 역할을 한다. 주체의 의도는 글과 만나서 형성되어간다. 글을 쓴다는 것은 선재하는 의도를 매체를 통해서 실현하는 과정이라기보다는 글을 만들어가면서 의도 자체까지 함께 형성해가는 과정이라고 보아야 할 것이다. 따라서 의도와 매체 사이에는 목적과 수단 사이의 상명하복적인 위계 관계가 성립하지 않는다. 의도와 매체는 변증법적 상호 작용을 통해서 서로를 완성해간다. 글이 완성됨으로써 의도도 완성된다. 글은 상당히 긴 시간에 걸쳐 완성된다는 특징을 지니지만, 글을 쓰는 주체의 의도 역시 시간 속에서 변화하고 발전해간다. 글의 완성은 결국 글에의 의도를 지닌 주체의 완성이기도 하다. 글을 씀으로써 인간은 비로소 필자가 된다. 자신의 글쓰기에 관한 몽테뉴의 다음과 같은 진술은 『에세』라는 책의 특성을 잘 요약한 것이지만 좀 더 일반적인 의미에서 글쓰기 일반에 적용할 수 있는 말이기도 하다. "내가 책을 만든 만큼 책이 나를 만들었다"(Montaigne 2004, 665. 심민화 2017, 167에서 재인용).[8]

8) 롤랑 바르트가 책이라는 최종 목표에서 육체가 개입된 글쓰기 행위의 과정적 측면에 관심을 돌린 이래 글쓰기의 결과가 아니라 글쓰기 자체를 과정으로서 관찰하는 연구의 흐름이 등장한다. 1970년대부터 프랑스에서는 작품의 형성 과정을 추적하는 발생 비평(Critique génétique)이 전통적인 텍스트 비평 작업에 변화를 가져왔고, 독일어권에서는 1991년에 뤼디거 캄페(Rüdiger Campe)가 바르트의 글쓰기(écriture) 개념을 수용하면서 '글쓰기 상황(Schreibszene)'의 모델을 제시한 바 있다. 캄페가 말하는 글쓰기 상황은 글을 쓰는 신체 동작, 글쓰기 도구와 테크놀로지, 언어의 의미론이 함께 작용하는 시공간적 틀을 가리킨다(Hoffmann & Langer 149-151, Campe 1991, 760). 이러한 캄페의 모델은 글이 육체적인 것, 물질적인 것, 정신적인 것의 상호작

4) 읽기 과정: 구성된 필자 혹은 가상 필자

이제 문어적 소통의 나머지 과정, 즉 독자의 수용 과정을 생각해보자. 구어적 소통 과정에 있는 청자와 문어적 소통 과정에 있는 독자 사이의 가장 큰 차이는 역시 송신자의 현전 여부에 있다. 필자의 부재는 독자에게 이해의 어려움과 동시에 자유도 준다. 청자는 발화자가 함께 있기 때문에 발화자의 의도를 더 잘 이해할 수 있지만, 수용 과정에서 철저하게 발화자의 시간에 묶여 있어서 자유롭지 못한 점도 있다. 청자는 발화자가 말하는 동안 바로바로 이해해야 한다. 이에 반해 독자는 글 자체 외에 필자의 의도에 관한 추가 정보를 얻는 데는 어려움을 겪지만, 자신의 능력에 따라서 이해의 속도를 조절할 수 있다는 이점이 있다. 외국어에 완전히 통달하지 못한 사람이 외국어 화자의 말을 이해하는 데 어려움을 느끼면서도 글로 적은 것은 그런대로 이해할 수 있는 이유는 어느 정도는 전언

용 속에서 만들어져간다는 것을 보여준다. 캄페의 아이디어를 계승 발전시킨 마르틴 슈텡글린이 니체의 글쓰기에 관한 논문에서 인용한 니체의 말, "우리의 글쓰기 도구가 우리의 생각에 함께 작용한다"(Stingelin 2004, 11)는 말이 시사하는 바는 결국 글 쓰는 주체의 생각이 글쓰기 이전에 확고하게 정립되어 있는 것이 아니라 글쓰기와 함께, 심지어 글쓰기 도구의 영향 속에서 생성되고 변화한다는 것이다. 소설가 E. M. 포스터가 이야기한 어떤 노부인의 외침도 유사한 생각을 표현한다. "내가 무슨 생각을 하는지, 말해보기 전에 어떻게 알 수 있겠니?"(Forster 1985, 101.) 데이비드 갈브레이스에 따르면 글쓰기 과정을 연구하는 심리학자들은 글쓰기 과정의 본질이 미리 생각한 내용을 글로 옮기기보다 글을 쓰는 과정에서 할 말을 새로 발견한다는 데 있다는 생각에 대체로 동의한다(Galbraith 1999, 137).

수용 과정에서 시간적 압박이 사라진다는 데 기인한다. 그러나 오해해서는 안 될 점이 있다. 수용 과정에서 필자의 직접적 개입이나 압박, 시간적 구속이 없다고 해서 글을 독자에게 인식되기만을 기다리는 주체성이 없는 대상으로 간주해서는 안 된다는 것이다. 독자는 필자의 부재 속에서 물질적 대상으로서의 글만을 접하고 있지만, 눈앞의 사물이 그냥 존재하는 객체가 아니라 다른 어떤 주체가 의도하여 만들어서 내게 전해준 대상이라는 것, 그리하여 글을 통해 상대 주체의 의도를 이해하는 과제가 자신에게 주어져 있다는 것을 알고 있다. 이 점에서 독자의 입장은 직접 발화자와 대면하여 그의 의도를 이해하고자 하는 청자와 크게 다를 바가 없다.

목소리와 문자라는 매체상의 차이에도 불구하고 말과 글은 선형성을 공유한다. 선형성은 말과 글의 물질적 특성과 무관하게 언어 자체의 구조에서 기원하는 것이기 때문이다. 소쉬르는 그것을 통합적 관계라고 불렀다.[9] 말과 글은 모두 일정한 순서에 따른 소리(철자)의 나열, 단어의 나열, 문장의 나열이다. 그리고 그 수용

---

9) "[…] 담화 속에서 낱말들은 연쇄를 통해서 서로 관계를 맺는데 이 관계는 동시에 두 개의 요소를 발음할 수 없다는 언어의 선형적 특성에 바탕을 두고 있다. 이들 요소는 화원 연쇄상에서 하나씩 차례로 배열된다. 어느 정도의 공간적 길이를 바탕으로 하는 이러한 결합을 일컬어 통합체라 할 수 있다."(Saussure 2005, 170.) 소쉬르가 언어의 선형적 특성이 발음과 관련된 시간적 제약 조건에서 유래한 것이라고 할 때, 이는 구어의 선형성을 염두에 둔 말이지만, 통합체가 일정한 공간적 길이를 가진다는 관념은 문자, 글로서의 언어에서 그 기원을 찾을 수 있을 것이다. 구어의 시간적 선형성에 문어의 공간적 선형성이 조응한다.

과 이해의 과정 역시 귀를 통한 것이든 눈을 통한 것이든 담화의 순서를 그대로 따라가는 가운데 이루어진다. 물론 독자는 글의 수용 과정에서 시간적 자유와 더불어 순서의 자유도 누린다. 독자에게는 글의 순서를 뒤바꾸어 받아들일 자유, 글을 읽다가 앞으로 되돌아갈 자유, 글을 띄엄띄엄 읽을 자유가 있다. 그것은 글이 말과는 달리 시간을 초월하여 지속적으로 존재하기 때문이다. 그럼에도 불구하고 독서의 기본값은 글 자체가 (그러니까 필자가) 결정한 순서에 따라 그대로 읽어가는 것이다. 글은 일반적으로 그렇게 순서대로 수용해서 이해할 수 있도록 구성되기 마련이다.

따라서 독자는 청자와 마찬가지로 수용 과정의 마지막에 이르러서, 즉 읽기를 끝내면서 비로소 자기 나름대로 필자의 의도를 구성한다. 그리고 자연스럽게 필자에게 그러한 소통적 의도를 글로 구현한 주체로서의 이미지를 부여한다. 독자는 부재하는 필자를 글 이전에 존재하면서 글을 만들어내고 자신에게 그 글을 읽게 한 특정한 의도의 주체로서 상정하는데, 그러한 주체의 이미지는 독자가 글에서 읽어낸 소통적 의도뿐만 아니라 그러한 글의 생산을 위해 필요한 주체적 조건 전체에 대한 종합적 판단을 바탕으로 형성된다. 그것은 그레마스가 말한 주체의 역량compétence에 대한 판단이다. 그레마스는 행위 주체의 수행performance에 대한 전제를 이루는 자질을 역량이라고 부른다. 행위 주체가 행위를 하기 위해서는 일정한 역량이 필요하며, 이 역량은 하고 싶음vouloir, 할 줄 앎savoir, 할 수 있음pouvoir과 같이 양태적 구조로 분류할 수 있다(Greimas/Courtés 1993, 52-54). 이러한 생각은 글의 생산에 그대로 적용할 수 있다. 글의 생산 행위도 일종의 수행으로서 필자의 역량을 전제하는데, 그 역량에는 의도^{vouloir}뿐만 아니라 그런 글을 쓰는 데 필요한 언어 능력, 문해력, 상대와의 관계를 생각하는 예절 능력, 세계에 대한 지식과 교양까지도 포함되는 것이다$^{pouvoir, savoir}$.

물론 독자는 글을 해독하여 필자의 소통적 의도만 간파하면 되지, 그 글을 쓴 필자를 굳이 어떤 역량을 갖춘 인격적 존재로 머릿속에서 재구성할 필요까지는 없을지도 모른다. 그러나 독자는 꼭 어떤 필요에 의해서가 아니라 단순한 호기심 때문에라도 자연스럽게 이 글의 필자는 어떤 사람일까 상상하게 된다. 독자는 글을 통해서 글 배후의 사람을 보려 한다. 필자가 이미 아는 사람인 경우도 있지만, 이때도 독자는 글을 통해서 필자에 대해 이미 가지고 있던 생각을 교정할 가능성이 있다. 구어적 소통에서도 사정은 근본적으로 다르지 않다. 물론 구어적 소통에서는 발화자가 눈앞에 있기에 청자는 애초에 발화자의 이미지를 상상할 필요가 크지 않다고 할 수도 있다. 그러나 눈앞의 발화자가 초면의 상대인 경우 청자는 그가 말하는 것을 들은 뒤에야 비로소 그에 대한 구체적인 이미지를 얻게 되었다고 느낄 것이 분명하다. 역시 발화자를 이미 알고 있다고 해도 그는 자신이 알고 있는 발화자와 말을 통해 드러나는 발화자를 비교하며 그의 이미지를 수정해가기 마련이다. 언어적인 의사소통의 과정은 사실상 상대방의 의도가 무엇인가를 알아내는 과정일 뿐만 아니라 상대방이 어떤 사람인지를 부단히 탐색하는 과정이다. 그것은 구어적 소통에서나 문어적 소통에서나 크게 다르지 않다. 나에게 말을 건네는 자에 대한 호기심은 의사소통 과정을 이끌어가는 주된 동력 가운데 하나인 것이다. 그래서 청자의 의식 속에서 발화자도 구성되고 독자의 의식 속에서 필자도 구성된다. 다만 구어적 소통의 구성 과정과 문어적 소통의 구성 과정 사이에는 수용자(청자 또는 독자)의 상상력이 투입되는 정도에 차이가 있을 뿐이다.

요컨대 독자는 글을 보고 그러한 글을 생산하여 전달한 필자의 역량을 짐작하며 거기에서 필자에 대한 이미지를 만들어낸다. 여기서 중요한 것은 필자의 사실상의 역량이 글을 생산하는 기반이 되지만 독자의 입장에서는 완성된 글이 기반이 되어 거기에서 역으로 필자의 역량을 추정한다는 점이다. 즉 독자에게 나타나는 필자의 이미지는 사실상의 역량이 아니라 독자가 글에서 파악한 역량, 가정된 역량으로 구성된다. 늘 그렇듯이 사실과 가정 사이에는 불일치의 가능성이 존재한다. 구어적 소통에서 늘 오해의 여지가 있는 것처럼, 문어적 소통에서도 필자의 사실상의 소통 의도와 독자가 구성한 소통 의도 사이, 필자의 사실상의 역량과 독자가 추정한 필자의 역량 사이에는 소통의 실패로 볼 만큼 커다란 틈이 벌어질 수 있다.

그런데 문어적 소통의 특징은 실제 필자의 역량과 독자가 구성한 필자의 역량 사이의 격차가 비단 실패한 소통에서만 나타나는 현상이 아니라는 데 있다. 독자가 글의 독서 과정을 통해 구성하는 필자의 역량은 소통의 성공 여부와 무관하게 근본적으로 필자의 실상과 편차가 있을 수밖에 없다. 이는 독자가 접하는 글이 필자가 실제로 써나가는 과정 중의 글이 아니라 이미 완성된 글, 전체의 통합적인 의도가 가장 잘 이해될 수 있도록 매끄럽게 짜맞추어진 글이기 때문이다. 독자는 완성된 형태의 글을 읽고 나서 그것으로 필자의 역량을 구성한다. 그리고 그렇게 읽기의 결과로서 구성된 역량의 필자를 역으로 완성된 글을 산출한 원인의 자리에 놓는다. 이처럼 독자는 완성된 글을 바탕으로 구성된 필자를 완성된 글의 원인과 등치하는 까닭에 독자가 생각하는 필자와 글 사이의 인과적 관계는 실제 필자의 복잡한 글 생산 과정과 일치하지 않는다.

독자는 청자로서 언어적 소통과정에 참여해온 경험을 모델로 하여 발화자와 말의 관계를 필자와 글의 관계에 적용한다. 발화자를 주체로 하여 진행되는 말의 생산 과정은 말 자체의 전개 과정, 그리고 그 말을 수용하는 청자의 듣기 과정과 일치한다. 독자는 이에 따라 글을 읽으면서 눈앞에 펼쳐지는 완성된 글의 전개를 필자의 글 생산 과정과 암묵적으로 동일시한다. 독자는 글에서도 필자의 말하는 목소리를 듣는다. 독자가 글을 낭독한다면 필자는 실제로 목소리가 되어 살아날 것이고, 묵독하는 독자도 자신에게만 조용히 말을 건네는 목소리의 주인을 상상하기 마련이다. 이때 독자에게 떠오르는 것은 구어적 소통의 발화자와 마찬가지로 전언 생산 이전에 이미 확고하게 의도를 세우고 이를 그대로 언어화하여 전달하는 적극적이고 유창한 소통 주체의 모습이다.

그러나 앞에서 살펴본 것처럼 실제 글의 생산 과정에서는 글 이전에 이미 완성되어 있는 의도, 글을 통해 구현되기만을 기다리는 확고부동한 의도라는 것은 없다. 글쓰기 과정에서 의도는 시간의 흐름과 함께 변화하고 형성된다. 시간 속에서 갈팡질팡하면서 길을 찾아가는 필자의 실제 의도와 최종적으로 완성된 글이 독자에게 암시하는 필자의 의도 사이에는 큰 차이가 있다. 글은 자신이 만들어지는 과정을 지워버리고, 의도의 시간적 동요와 변화 과정도 지워버린다. 독자의 눈앞에 전개되는 매끄러운 글의 흐름에는 글이 만들어지기까지 저항과 지체의 흔적은 보이지 않는다. 주체의 의도와 이에 저항하는 매체(글쓰기) 사이의 복합적인 변증법은 사상되고, 남는 것은 최종적인 글과 그 글을 통해 만들어진 필자의 의도뿐이다. 그것만이 독자가 접하는 대상이고, 그가 이해하고 재구성하고자 하는 목표다. 독자가 이 목표에 도달하면, 글이 환기한 의도가 글을 만들어낸 원인으로 바꿔치기된다. 그리하여 필자는 처음부터 완성된 의도를 가지고 그 의도를 자신의 목소리에 실어 일사천리로 표명하는 언어적 주체로, 글은 어떤 저항도 없이 필자의 의도를 충실히 실행하는 기관으로 나타난다.

독자에게 비치는 필자의 이미지는 글 자체의 인상에 좌우된다. 잘 구성된 글은 복잡한 내용도 아주 매끄럽고 조리 있게 풀어낼 수 있는 역량을 갖춘 사유와 언어의 주체를 떠오르게 한다. 글이 암시하는 필자는 실제 필자보다 더 유창하고, 더 일관되고, 더 확신에 차 있으며, 더 풍부한 지식을 가지고 있는 것처럼 보일 수 있다. 글을 통해 독자가 받아들이는 완성된 필자의 의도와 이미지는 허구적 구성물, 또는 환상에 가깝다. 글은 어떤 발화 주체의 환영이 나타나게 '하는 일종의 환등기 같은 장치다. 글이라는 환등기가 보여주는 발화자의 환영은 역설로 충만하다. 하나의 역설은 그 발화자가 사실은 글이 만들어낸 것이지만 거꾸로 글을 만들어낸 것으로 보인다는 데 있다. 또 하나의 역설은 그 환영이 글이 단독으로 만들어내는 것이 아니라 독자의 적극적 관여 속에 구성된 것임에도 불구하고 마치 독자에게 타자처럼 나타난다는 점이다. 클라우스 바이마르는 글을 읽는 행위가 독자(수용자)의 생산적 활동임을 강조한다. 그런데도 독자 자신은 글을 읽으면서 그저 주어진 것을 받아들이는 데 지나지 않는다고 믿는다. "수용의 자기부정, 혹은 그 어떤 적극적인, 의식적인 계기도 부재하는 듯이 보이기에 자기 망각이라고 할 수 있을 이러한 상태는 읽으면서 자기 자신이 글을 언어화하는 것이 아니라 타자의 목소리를 듣고 있으며 자신이 이해한 것도 자신의 부가적 노력 없이 이 타자에게서 직접 전해 듣고 받아들이는 것이라는 환상으로까지 증폭된다." 그리고 이런 자기 망각적 수용은 더 나아가 그 낯선 목소리의 주체를 "인격적 구성물"로 완성한다(Weimar 1999, 129).[10]

10) 여기서 클라우스 바이마르는 독자가 제2의 저자(필자)라는 급진적인 주장으로 나아간다. 그것은 독자 자신이 수용 과정에서 글을 언어화하고 글이 의미하는 바를 생산하는 주체이기 때문이다. 그러나 독자는 자신의 적극적 역할을 잊고 자신의 생산적 업적을 글을 쓴 저자, 글의 저자에게 양도한다 (Weimar 1999, 132-133). 바이마르는 글의 저자 Schriftautor와 글을 읽어서 언어로 만들고 의미 내용을 산출해내는 주체로서의 독자 저자(바이마르

이제 이렇게 독자의 의식에 환상적으로 나타나는 낯선 목소리의 주체, "인격적 구성물"을 가상 필자라고 명명하고, 실제로 글을 작성한 필자, 실제 필자와 구별하기로 하자. 이것은 물론 고도의 이론적 구별이며 현실의 독서에서 양자는 거의 구별되지 않는다. 독자는 가상 필자가 바로 글을 만들어내고 있는 실제 필자이며, 자신은 실제 필자의 목소리를 듣고 있다고 느끼기 때문이다.

여기서 특히 중요한 것은 실제 필자 자신도 독자가 글의 환영에 빠져 가상 필자를 은연중에 실제 필자와 동일시할 것임을 알고 있으며, 그러한 전제에서 글을 완성해간다는 사실이다. 독자가 글에서 일정한 의도를 막힘없이 언어로 풀어내는 주체의 환영을 보는 것은 문어적 소통 과정의 게임 규칙에 해당된다. 글쓰기에서 중요한 절차로 여겨지는 퇴고가 그 점을 잘 보여준다. 퇴고란 실제 필자가 자신이 쓴 글을 읽어보는 일이다. 필자가 자기 글의 독자가

자신의 용어로는 언어 저자 Sprachautor 및 텍스트 세계 저자 Textweltautor)를 구별한다. 그는 글 저자의 의도와 독자 저자의 의도가 일치하는지 영원히 알 수 없고 양자의 일치가 매우 개연성이 적다는 말로 양자의 차이를 지적한다(Weimar 1999, 131). 그러나 글을 읽는 저자와 글을 쓰는 저자 사이에는 의도의 어긋남만이 있는 것은 아니다. 독자 저자와 글 저자가 수행하는 역할 자체가 근본적으로 차이가 있다. 필자는 글을 쓰고 그것을 읽으면서 의미를 스스로 생산하지만, 독자의 의미 생산 활동은 어디까지나 필자가 쓴 글과의 협력 속에서만 이루어진다. 이런 차이를 무시하고 글의 필자와 독자를 모두 저자로 명명하는 것, 그리하여 이중의 저자성(doppelte Autorschaft)을 이야기하는 것은 파격적으로 보이기는 하지만 이론적으로 큰 실질적 의미는 없다. 게다가 바이마르는 여기서 서술한 실제 필자와 독자의 의식에 나타나는 환영적 필자 사이의 근원적인 차이에 대해서는 인식하지 못하고 있다.

되어 글을 통해 전해지는 의도와 그 의도의 주체인 가상 필자의 이미지를 확인해보는 것이 퇴고의 과정이다. 설사 퇴고를 하지 않더라도, 실제 필자는 글이 하나의 통일적 전체가 되도록 신경을 쓰는 가운데 글 전체에 대한 의식을 지닐 수밖에 없고, 언제나 완성된 글을 보는 독자의 시선을 자신의 시선으로 삼아야 하는 것이다. 그렇다면 필자는 글을 통해 자기 자신을 필자로서 구성하는 것이며, 그렇게 구성된 가상 필자를 독자에게 내보이는 것이 글쓰기의 의도에 내포되어 있는 셈이다. 그것은 글에 대한 일정한 의도를 가진 주체로 자신을 대표하게 하려는 의도이며, 의도의 의도라는 점에서 메타 의도라고 할 수 있다.[11]

완성된 의도를 가지고 글 전체를 처음부터 완전하게 계획하여 실현하고 이를 독자에게 제시하는 주체로 표상되는 가상 필자는 독자가 글을 읽으면서 만들어내는 어떤 허구적인 역할이라고 할 수 있지만, 그 이전에 실제 필자 자신이 자기 글의 첫 번째 독자로서 구성하는 역할이기도 하다. 문어적 소통 과정이 성공한다는 것은 실제 필자 자신이 구성한 가상 필자와 독자가 구성한 가상 필자가 거의 일치하는 경우를 말한다. 일상적 말에서 소통의 성패가 화자의 실제 의도와 청자를 통해 구성된 의도 사이의 일치 여부로 결정된다면, 글의 소통 과정에서 성패를 좌우하는 기준은 실제 필

11) 이인성은 소설 『한없이 낮은 숨결 속에서』에서 글이 독자에게 환기하는 가상 필자와 실제 필자 사이의 균열을 드러냄으로써 글 쓰는 주체의 일반적인 의도에 역행한다. "확신에 차 있는 듯이 적어놓았으나, 사실 나는 이 전환점을 찾는 데 살을 깎아내는 시간을 흘려보냈다"(이인성 1999, 44).

자와 독자의 일치가 아니라, 양자가 각각 독자적으로 수행하는 허구적 구성 작업의 일치, 즉 독자(제1독자=필자)와 독자(필자가 아닌 순수한 독자) 사이의 일치라고 말할 수 있다. 글쓰기 과정에서 시간적으로 변화해가는 불확정적인 실제 필자의 의도는 결코 파악될 수 없고 재구성될 수도 없다. 그것이 글에 그대로 남아 있고 그대로 독자에게 전달된다면 독자는 대혼란에 빠질 것이다. 문어적 소통에서는 실제 필자의 의도가 아니라 가상 필자의 의도만이 중요하다. 그런데 가상 필자의 의도란 오직 독자의 주관적 성향과 경험과 지식을 바탕으로 한 구성 작업을 통해서만 비로소 성립하는 것이기 때문에, 필자가 자기 글의 첫 번째 독자로서 구성하는 가상 필자의 의도와 일반 독자의 머릿속에 그려지는 가상 필자의 의도가 완전히 일치하는 것은 오히려 드문 일이다. 그런 점에서 문어적 소통은 실패를 무릅쓴 소통의 시도라고 할 수 있다.

3. 저자 구성과 저자 인지

1) 필자에서 저자로

지금까지는 문어적 소통에서 적극적 주체의 자리에 서 있는 자, 즉 송신자를 필자라고 불렀다. 저자라는 용어를 의도적으로 기피한 것인데, 이는 저자 개념 속에 글을 쓰는 모든 사람을 포괄할 수 없는 특별한 함의가 담겨 있기 때문이다. 물론 필자라는 말 역시 일상적인 의미에서는 문자를 통해 의사를 전달하는 사람보다는 더 특별한 의미를 지니지만, 이 책에서는 그 말의 의미를 확장하여 글을 작성하고 이로써 소통하는 모든 주체를 포괄적으로 가리키는 용어로 사용한 것이다.

그러면 필자는 언제 저자가 되는가? 저자란 무엇인가? 여기서는 우선 저자라는 말을 모든 가치 평가적 함의를 제거한 상태에서 가능한 한 중립적으로 정의해보고자 한다. 글은 일단 두 가지 종류로 나누어볼 수 있다. 한정적인 글과 비한정적인 글이 그것이다. 한정적인 글이란 편지처럼 특정한 소통 주체 사이의 제한적 맥락에서 유통되고 그 속에서 의미를 지니는 글이다. 편지와 같이 개인 간의 소식을 전하기 위한 글, 발신자와 수신자가 있는 공적 문서 같은 것이 한정적 글이다. 이러한 글은 일단 주어진 소통 주체 사이의 관계와 상황이라는 맥락에서 일정한 의사 전달 매체로 기능하는 것이고, 그것만으로 충분히 의미가 있다. 다른 사람이 보기에는 큰 의미가 없어 보이는 한마디 말도 편지의 수신자에게는 천근만근의 의미를 지닐 수 있다. 출입 금지와 같은 팻말의 문구는 수신자를 특정하지는 않지만, 그 팻말이 지시하는 소통 맥락에 들어온 사람만을 수신자로 한다는 점에서 한정적 글이라고 할 수 있다. 어떤 특정 구역 입구에 붙어 있는 '출입 금지'라는 간단한 문구는 그 구역을 지나다니는 모든 사람에게 매번 유의미한 메시지를 전달한다. 그러나 이 팻말이 본래 자리에서 떼어져 창고 안에 보관된다면, 그 메시지는 당장 사라질 것이다. 그 외에 공고문이나 홍보문과 같이 글이 다른 특정 행위의 목적 실현에 봉사하는 소통 수단으로 작성되어 그 행위가 목적을 다 하면 유효성을 상실하는 글역시 한정적 글의 범주에 속한다.

그렇지 않은 글이 비한정적 글이다. 비한정적 글은 일반을 상대로 열려 있는 글, 수신자를 특정인으로 한정하지 않는 글, 필자와 특정한 독자 사이의 사적 맥락(편지)이나 그들에게만 적용되는 상황적 맥락에 묶여 있지 않은 글, 특정 행위 상황이 지속되는 동안만의 효과를 위해 작성되지 않은 글을 가리킨다. 비한정적 글은 특정한 상황 맥락을 넘어서는 일반적인 의미, 효용, 가치를 지향한다. 물론 비한정적 글이라고 해서 소통 상황에서 완전히 자유롭다고 할 수는 없다. 이 경우에도 필자는 알게 모르게 자신의 맥락에 구속되어 있고, 암묵적으로 일정한 유형의 독자를 이상적인 독자로 상정한 상태에서 진술하기 마련이다. 그러나 비한정적 글은 확정되어 있지 않은 다수의 독자를 상대로 그들이 처한 다양한 상황에서 두루 유효한 의미를 전달하려 하기에 소통 상황의 개별적 특성에 상대적으로 무관심하다. 카프카가 『변신』을 발표할 때 이 소설이 한국의 독자에게도 널리 읽힐 것이라고는 거의 상상하지 못했을 것이다. 그러나 21세기에 『변신』을 한국어 번역본으로 펼쳐 드는 한국의 독자에게도, 이 작품이 책으로 나온 1915년의 독일 독자에게도, 소통 상황의 본질은 변함이 없다. 그들은 모두 카프카라는 작가가 쓴 소설을 읽고 있는 것이다. 카프카는 발신자로서, 독자는 수신자로서 소통의 양극을 이룬다. 카프카는 누군가가 그 이야기를 소설로 읽어주기를 바라고 발표했고, 그것을 소설로 읽는 독자는 시간도 지역도 관계없이 카프카의 독자가 된다. 그러나 카프카가 펠리체 바우어에게 쓴 편지가 책으로 출간되어 카프카가 예상치 않은 독자가 그 편지를 읽게 되었을 때는 사정이 전혀 다르다. 카프카는 여전히 펠리체 바우어에게 편지를 쓴 필자일 뿐이다. 카프카는 독자에게 편지를 보내지 않았다. 독자는 카프카가 펠리체 바우어에게 보내는 편지를 엿보고 있을 따름이다. 편지의 수신자인 펠리체 바우어와 그 편지를 읽고 있는 독자의 입장은 완전히 다르다. 한정적 글을 이처럼 본래 예정되어 있지 않은 수신자에게 공개하는 것은 소통 상황의 근본적 변화를 초래한다.

보통 우리는 어떤 글이 비한정적인 특성을 나타낼 때, 그 글의 작성 주체를 저자라고 부르는 경향이 있다. 실제로 저자 개념은 이보다 더 제한적으로 사용되고 가치평가적 함의를 지니지만, 이 책에서는 일단 지금 정의한 의미에서 비한정적 글을 쓴 주체를 저자라고 부르기로 한다.[12] 저자는 필자의 특수한 유형이다. 그리고 그

---

12) 저자를 표준국어대사전은 글을 써서 책을 지은 사람이라고 정의한다. 이에 반해 고려대한국어사전에 따르면 책이나 글을 지은 사람이 저자다. 저자를 책으로 한정하는 것에는 일정한 가치판단이 개입되어 있다. 왜냐하면—오늘날 책의 출판 문턱이 많이 낮아지기는 했지만—책이 되기 위해서는 그 속에 담긴 내용이 일정한 가치를 인정받아야 하기 때문이다. 두 사전의 공통점으로는 짓다라는 동사를 사용하고 있다는 점이다. 책이나 글을 짓는다는 것은 넓게는 베껴 쓰지 않고 자신의 생각을 표현하기 위해 말을 만들어내어 적는다는 것을 의미하고 좁게는 시, 소설을 쓰는 것 같은 예술적 창작 활동을 가리키기도 한다. 넓은 의미에서 짓다라는 동사는 '글씨를 쓰다'의 '쓰다'가 아니라 '글을 쓰다'의 '쓰다'와 거의 동일한 의미를 지닌다. 이 책에서 쓰다는 그런 넓은 의미의 짓다를 대신하는 동사로서 사용된다. 여기서 제안하는 저자의 개념은 '책을 쓰는 사람'(표준국어대사전의 정의, 또는 옥스퍼드 영어사전의 정의)과 '책을 포함하여 글을 쓰는 사람'(고려대한국어사전의 정의, 또는 두덴 독일어 사전의 정의) 사이에 있다. 즉 책의 저자보다는 넓지만 글을 쓴 사람을 모두 포괄할 정도로 넓지는 않다. 글이라는 개념에는 편지와 같은 한정적 글도 포함될 수 있고, 위에서 말한 것처럼 그런 글을 쓰는 사람은 필자일 뿐, 저자는 아니기 때문이다. 글이냐 책이냐의 차이가 아니라, 글의 성격 차이에서 저자와 필자가 갈라진다. 또한 짓다라는 동사는 창작적 작업의 의미로 예비해두고자 한다. 이 책 4장에서는 '이야기를 짓다'와 '이야기하다'의 차이에 중요한 의미가 부여된다.

러한 저자가 작성하는 글, 비한정적 글을 지칭하기 위해 텍스트라는 용어를 활용하고자 한다. 텍스트는 대체로 모든 언어적 메시지를 나타내는 용어로 사용되지만, 여기서는 글의 특수한 케이스로서, 저자와 쌍을 이루는 개념으로 정의한다. 또한 필자를 실제 필자와 독서를 통해 구성된 가상 필자로 구분했듯이, 저자의 경우에도 실제 저자와 가상 저자의 구분을 전제로 논의를 전개할 것이다.

저자와 독자의 관계는 기본적으로 저자가 집필한 텍스트를 매개로 성립하며 그것으로 충분하다. 내가 카프카의 소설을 읽는 순간 카프카와 나 사이에는 저자-독자의 관계가 성립한다. 물론 저자가 살아 있다면 독자가 저자에게 연락을 취하여 양자 사이에 대화적 관계가 성립할 수도 있지만, 그것은 저자-독자의 관계에서 파생한 새로운 관계일 뿐, 저자-독자 관계의 본질적 국면은 아니다. 이에 반해 한정적 글은 언제나 발신자와 수신자 사이에 글과 연관된 행위 맥락 속의 관계를 전제한다. 편지의 발신자와 수신자 사이에는 편지를 주고받기 이전에 편지를 쓰도록 만든 어떤 관계가 이미 있다. 모르는 사람이 내게 편지를 하는 경우에도 그 속에는 내게 편지를 읽는 것 이상의 어떤 관계 속에 들어와 달라는 요청이 포함되기 마련이다. 최소한 답장을 해달라는 요청. 이에 반해 저자는 읽히는 것을 최종 목적으로 텍스트를 집필한다. 물론 저자에게 텍스트가 독자의 의식에 영향을 미치고 그것으로 행동의 변화를 촉발할 것이라는 기대가 있고 그것이 텍스트를 집필하는 더 큰 목적일 수도 있다. 그러나 그것은 편지를 보내어 답장을 요구하는 것과 같이 상대를 직접적으로 구속하는 종류의 의도는 아니다. 독자는 텍스트를 읽는 것으로 저자-독자의 관계에 이미 들어간 것이고 그 관계 속에서 자신의 할 일을 일단 다 한 것이다. 그 이후의 모든 사태는 독자의 자발적 의지와 관계된 것이며, 저자-독자의 관계와 독서라는 소통 상황 너머에서 일어나는 일이다.

이처럼 저자의 텍스트가 독자에게 읽히는 것이 저자-독자 관계의 종착 지점이기 때문에 이 관계는 근본적으로 일방향적이고 비대칭적이다. 대화와 같은 구어적 소통의 형식은 화자와 청자의 지속적인 자리바꿈을 통해 전개된다. 편지 교환 역시 구조적으로 이와 동일하다. 한 번은 A가 필자이고 B가 독자였다가 다음번에는 B가 필자의 자리에 오고, A가 독자가 된다. 그러나 저자와 독자의 관계는 이런 식의 자리바꿈을 예정하지 않는다. 독자 중의 한 사람이 책을 읽고 저자에게 편지를 보낸다면, 이때부터는 편지라는 한정적 글의 형식을 통한 새로운 소통 관계가 시작되는 것으로 보아야 한다. 저자의 텍스트를 읽은 독자 가운데 한 사람이 이에 반응하여 새로운 텍스트를 쓰고 발표했다고 하자. 최초의 저자는 제2텍스트의 독자 가운데 한 사람이 될 수도 있다. 그러나 반드시 그래야 하는 것도 아니고 그것을 요구받은 것도 아니다. 그가 자신의 독자가 쓴 텍스트를 읽지 않는 것은 자신을 향한 편지를 읽지 않는 것과는 전혀 다른 의미를 지닌다. 설사 그가 그 텍스트를 읽는다 해도, 이는 완전히 새로운 저자-독자 관계의 시작이다. 필자-독자의 대칭적 상호 교대라고 할 수 있는 편지 소통의 경우와 달리 여기서는 제1텍스트의 독자가 저자의 자리로 옮긴 것이 아니라 그 독자 중 한 사람이 저자가 된 것이고, 제1텍스트의 저자는 새롭게 형성된 제2텍스트의 독자 집단 가운데 한 사람이 된다.

방금 제시한 예시에서도 드러나듯이 저자-독자의 관계는 수적인 측면에서도 비대칭성을 나타낸다. 저자는—물론 복수 혹은 집단적 저자의 문제가 있다—대체로 1인이고, 독자의 수는 이론적으로 제한이 없다. 다양한 독자가 한 저자[13]를 바라보고, 저자는 다양한 독자를 개개인으로 구별하여 인식하지 못한 채 다수 집단으로서 대한다. 이러한 비대칭성으로 인해 저자와 독자의 관계는 사람과 사람 사이의 일반적인 인격적 관계와 큰 차이를 나타낸다. 저자는 자신의 텍스트를 누가 읽는지 알지 못하며, 그의 의식 속에는 독자에 대한 추상적이고 막연한 인상밖에 없다. 반면 독자는 저자에 대해 이보다는 훨씬 더 개인화되고 구체적인 인상을 얻는다. 그러나 그것 역시 텍스트라는 매체를 통해서 간접적으로 형성된 인상일 따름이다. 대부분의 독자는 저자와 개인적인 관계에 있지 않고 텍스트를 통해 저자와 처음 만나며, 많은 경우 그것이 최종적 만남이 된다. 오늘날에는 저자들도 다양한 매체를 통해 독자와의 접촉면을 넓힘으로써 자신의 사회적 영향력을 확대하려고 시도하는 것을 볼 수 있다. 그러나 저자로서의 정체성은 기본적으로 그가 쓴 텍스트에 의해 규정되며, 텍스트를 넘어선 저자와 독자의 만남

13) 한 텍스트의 저자가 복수라 하더라도 단일한 발신의 주체로 지각된다는 점에서 한 저자라고 할 수 있다.

도 텍스트에서 생겨난 저자 정체성을 연출하는 기회로 이용될 가능성이 크다. 요컨대 독자에게 저자는 텍스트를 통해 구성된 존재이고 여기서 받은 인상이 실존적 개인으로서의 저자에 관한 생각까지 좌우하는 것이다. 실존적 개인으로서의 저자 자신은 독자에게서 멀리 떨어져 있다.

이상의 이유에서 이미 문어적 소통의 특징으로 거론한 송신자의 부재 현상은 저자-텍스트-독자의 소통 상황에서 더 심화한 양상으로 나타난다. 저자-독자 관계의 비인격성과 매개성은 저자를 예컨대 편지의 필자보다 더 '부재적인' 존재로 만든다. 이러한 사정을 특히 분명하게 보여주는 것은 저자-독자의 관계가 성립하는 데 저자의 생존 여부가 관계없다는 사실이다. 우리는『변신』을 읽음으로써 카프카의 독자가 된다. 이때 저자는 절대적인 의미에서 부재 중이다. 독자가 텍스트를 독해하며 시도하는 저자와 저자 의도의 구성은 결코 저자 자신에게서 확인받을 수 없는 가설로 남는다. 저자에게 편지를 쓴들 아무 답도 돌아오지 않을 것이다. 독자는 텍스트를 토대로 자기 나름의 저자 구성 작업을 할 뿐이다.

2) 저자 구성의 출발로서의 저자 인지

저자가 죽은 경우뿐만 아니라 실제로 텍스트를 작성한 사람이 누구인지 알 수 없는 경우에도 독자에 의한 저자 구성은 검증

받을 수 없는 주관적 추정에 머무른다. 우리가 실제 저자가 누구인지 안다면 그가 설사 죽었다 하더라도 적어도 어떤 다른 기록을 통해서, 또는 저자의 다른 텍스트를 통해서 그가 전달하고자 한 의도가 무엇이었는지, 혹은 그가 자신을 어떤 가상 저자로서 제시하고자 했는지 좀 더 설득력 있게 추정해볼 수 있을 것이다. 그러나 누가 쓴 것인지를 아예 모른다면 독자가 상대하는 소통의 주체는 오직 텍스트의 독해 과정에서 우리에게 현현하는 가상적 발화자뿐이다. 독자는 주어진 텍스트에만 의지하여 저자를 구성해야 한다. 즉 독자가 의식 속에서 만들어내는 가상 저자는 텍스트 자체의 경계 안에 갇히게 된다. 여기에서 저자 구성과 긴밀하게 연동되어 있는 문제, 즉 저자 인지의 문제가 제기된다.

저자 인지란 독자가 독서 과정에서 구성하는 저자(가상 저자)를 실존하는 특정한 인간과 동일시하는 것을 의미한다. 모든 독자는 텍스트를 읽으면서 어떤 식으로든 저자의 의도와 그의 인간적 이미지를 구성한다. 저자 구성은 독서 과정의 본질적 계기를 이룬다. 그러나 독서에서 저자의 인지가 항상 일어나는 것은 아니다. 모든 텍스트는 저자와 분리되어 존속하기 때문에 익명적으로 될 가능성 또한 언제나 열려 있다. 저자의 이름이 자체에 기입되어 있지 않은 텍스트는 누가 저자인지 알 수 없게 될 확률이 높다.

물론 익명화의 가능성은 텍스트뿐만 아니라 모든 종류의 글이 안고 있는 문제다(익명의 편지). 그것은 구어적 소통과 문어적 소통을 가르는 중요한 변별점이다. 발화자가 청자와 함께 있다는 것, 청자에게 발화자가 명백히 드러나 있다는 것이 구어적 소통 상황의 기본 조건이며, 이 조건은 언어 자체의 구조에 반영되어 있다. 특정한 시공간을 점하는 화자의 현존은 언어 속에서 나-지금-여기라는 세 개의 지시사로 표현된다. 그것이 카를 뷜러가 말한 자아 원점Ich-Origo이다. '그건 12년 전의 일이었어요'라고 누군가가 말한다면, 그 12년이라는 시간은 그 누군가의 '지금'을 원점으로 하여 계산된다.[14] 이때 자아 원점이 구체적인 내용을 가질 수 있는 것은 (즉 '나'가 누구인지, '여기'가 어디인지, '지금'이 언제인지가 규정되는 것은) 스스로를 '나'라고 지칭하는 발화자가 바로 청자의 눈앞에 있고, 그 발화자의 '지금'과 '여기'가 청자 자신의 '지금'과 '여기'이기도 하기 때문이다. 즉 발화자가 전제하는 '나-여기-지금'의 지시적 의미는 당연히 청자에게 알려져 있을 수밖에 없는 것이다.[15]

그런데 문어적 소통 상황에서는 어떤가? 글 속에서 '나', '여

---

14) 언어의 지시 체계의 기준점으로서 자아 원점(Ich-Origo)이라는 개념은 카를 뷜러(Karl Bühler)가 제안하였고, 캐테 함부르거(Käte Hamburger)가 허구 서사의 논의 맥락에서 중요한 의미를 지닌 개념으로 만든 바 있다. 이에 대해서는 김태환 2018 참조.

15) 통신 기술의 발전은 이런 자명성을 파괴했다. 전화는 구어를 통한 소통이지만, 구어적 소통 상황에 특징적인 자아 원점의 자명성은 상당 부분 소멸한다. 발화자가 어디에 있는지는 청자에게 알려지지 않을 수 있다. 낯선 사람과의 대화라는 조건을 전제하고 비교해보면, 우리는 일반적인 구어적 소통 상황에서보다 통화를 할 때 목소리의 주인에 대해서 훨씬 더 적게 알 수 있다. 그래도 우리에게 확실한 것은 그 목소리가 지금 나와 함께 있다는 것이다. 자아 원점 가운데 '지금'만이 구어적 소통의 확실성을 유지한다.

기', '지금'과 같은 말들은 즉각적으로 의미 효과를 발휘하지 못한다. 다른 추가적 정보의 도움이 없는 한, 이러한 지시사들은 구어적 소통에서와는 달리 언어 외적 콘텍스트를 통해 자연스럽게 지시적 의미를 획득하지 못하고 빈 괄호로 남는다. 독자는 필자를 눈앞에 보지 못하므로 글 속의 '나'를 구체적인 인간과 연결할 수 없고, 필자의 지금과 여기를 글을 읽고 있는 자신의 지금-여기와 동일시할 수 없으므로 글 속에 적혀 있는 지금과 여기가 가리키는 시공간적 지점을 특정할 수도 없다. 1인칭 대명사와 지금, 여기와 같은 지시사가 의미를 얻기 위해서는 자아 원점이 글 자체에 기입되어야 한다. 예컨대 편지에 필자의 이름과 편지를 쓴 일자와 장소를 적어넣는 것은 이 때문이다. 그것은 구어적 소통 상황에서 당연한 전제로서 주어지는 자아 원점을 사후적으로나마 보충하기 위한 관습이다. 환언하면 이런 사후적 보충이 필요한 것은 본래 구어적 소통 상황을 전제로 만들어진 언어가 이와 이질적인 문어적 소통 상황에 적용됨에 따라 어떤 빈틈, 어떤 결함이 발생하기 때문이다. 자아 원점이 정의되지 않을 수 있다는 점, 전언의 생산 주체가 누구인지 확인되지 않을 수 있다는 점에 문어적 소통의 불완전함이 있다. 바르트, 또는 데리다는 이러한 결함을 글쓰기의 절대적 조건으로 만들지만,[16] 이때 중요한 것은 거기에 우리가 불만을 느끼고

---

16) 데리다에 따르면 글은 "반복 가능한 구조물"로서 "모든 절대적 책임에서, 최종적 권위인 의식에서 단절"되어 표류한다. 글은 "태어날 때부터 아버지의 도움의 손길에서 떨어져나와 고아가 된다"(Derrida 1982, 316).

그 문제를 해결하고자 한다는 사실이다. 우리에게 익명의 편지가 전달되었다고 하자. 그러한 편지의 작성자는 어떤 노림수가 있기에 그렇게 하는 것이지만, 우리는 어쨌든 대체 누가 이 편지를 쓴 것인지 궁금해하게 된다. 편지에 편지 작성 일자가 없다면, 그 속에 나오는 어제, 오늘, 내일과 같은 단어들이 모두 무의미해질 것이다. 만일 이 편지가 뭔가 중요한 내용을 담고 있는 것이라면, 우리는 편지 필자의 지금이 언제인지를 추정할 수 있는 단서를 찾아내고 무의미해진 시간적 어휘의 내용을 복원하기 위해 노력할 것이다. 자아 원점이 자명하게 주어지는 것이 언어적 소통의 기본 조건이다. 문어적 소통에서 이 기본 조건이 충족되지 못하면 소통이 불완전하다고 느낀다. 의미가 완성될 수 없다는 불만이 생겨난다. 글은 필자와 분리됨에 따라 자아 원점이 불분명해지고 익명적으로 될 여지가 있지만, 바로 그런 가능성 때문에 소통에 대한 불만을 해소하기 위한 보완 장치 또한 발전해온 것이다. 필자가 누구인지를 글 속에 밝혀주는 것, 언제 어디서 글을 쓰고 있는지 기입하는 것이 그러한 장치다.

이상에서 논의한 내용은 텍스트와 저자의 관계에도 그대로 적용할 수 있다. 오늘날 책이 일반적으로 저자의 이름과 아울러 출간지, 출간연도(일자)의 정보를 제공하는 것 역시 구어적 소통을 모델로 자아 원점을 책 속에 기입하여 저자 인지를 가능하게 만들기 위해서다. 편지에서뿐만 아니라 책과 같은 텍스트에서도 자아 원점의 온전한 구성과 저자 인지는 매우 중요한 의미를 지니며, 그것이 제대로 이루어지지 않으면 소통의 결손이 초래된다. 주어진 책을 누가 언제 어디서 썼는지 아는 것은 그 책의 의미를 이해하는 데 중요한 출발점이 된다. 저자의 이름과 시공간적 정보만으로도 우리는 저자의 출신(한국인인지, 일본인인지, 영어권 인물인지)을 짐작할 수 있고, 책이 다루는 대상과 저자 사이의 시공간적 관계를 알 수 있다. 우리는 그런 정도의 파악에 의거하여 의식적으로든, 무의식적으로든 책의 이해 방향을 잡아간다. 더 나아가서 책이 간단히 제공하는 저자에 관한 정보, 즉 저자가 언제 태어났는지, 어디서 주로 살았는지, 무엇을 공부했는지, 어떤 활동을 해왔는지, 또는 어떤 다른 책을 써왔는지 등등의 정보도 책의 내용이 무엇이고, 거기서 특히 어떤 측면에 주의해서 읽어야 할지를 짐작하게 해준다는 점에서 독서의 좋은 길잡이가 된다. 일단 저자가 누구인지 확인한 독자는 여기서 만족하지 않고 저자에 관한 추가적인 정보를 책 바깥에서 구할 수도 있고 저자의 다른 책까지 더 읽어볼지도 모른다.

익명의 텍스트를 읽는 독자는 이 모든 가능성에서 차단된다. 그는 오직 텍스트를 통해서만 저자를 구성할 수 있다. 이때 독자의 의식 속에 나타나는 것은 텍스트의 목소리, 텍스트 안에 묶여 있는 발화 주체뿐이다. 저자 인지가 이루어지지 않는 한, 독자는 저자에 관한 정보를 다른 원천에서 구할 방법이 없다. 물론 익명성에도 정도의 차이가 있다. 저자에 관한 일체의 정보가 가려지고 자아 원점이 전혀 접근 불가능한 블랙박스로 남아 있는 완벽한 익명성도 있지만, 저자의 이름이 밝혀지지는 않았다 해도 저자의 진술을 통해 저자 신상의 일부가 드러나 있는 그런 익명적 텍스트도 있다. 이때 독자는 저자가 텍스트 속에서 자신에 관하여 밝힌 사실들(이를테면 저자가 어느 지역 출신이고 신분이 무엇인지, 언제 태어났고, 글을 쓴 당시에 몇 살인지 등등)을 근거로 저자의 모습을 다소간 구체화해볼 수 있겠다. 그러나 이 경우에도 저자가 어떤 특정한 인물로 확인되기 전까지는, 저자 개인에 관한 정보를 텍스트 외부에서 추가적으로 구할 수는 없을 것이다. 그런 의미에서 인지되지 못한 저자는 언제나 텍스트 경계 안의 저자로 남는다고 말할 수 있다. 특히 저자의 자기 진술이 없는 완벽한 익명적 텍스트의 경우에는 오직 텍스트의 진술 주체로서의 인상만이 가상 저자의 모습이 된다.

이상에서 살펴본 것처럼 저자 인지는 독자로 하여금 텍스트 독해를 통한 저자 구성의 과정에서 텍스트 외부에 있는 저자 정보에 도움을 받을 수 있게 해준다. 이때 텍스트 외부의 정보가 지시하는 저자의 모습과 텍스트 자체가 환기하는 저자의 모습이 합성된다. 예를 들어 독자가 한 저자의 책을 여러 권 읽었다면 저자는 그 다수 저서의 저자로서 독자의 의식 속에 각인될 것이다.

텍스트가 독자의 의식에 떠오르게 하는 저자, 즉 가상 저자는 이런 의미에서 순수하게 텍스트 내적 존재로 파악되는 웨인 부스의 내포저자implied author와 다르다. 부스의 내포 저자는 소설가가 작품을 통해 창조하는 "제2의 자아"와 같은 존재이며 다양한 작품마다 제기되는 상이한 필요에 따라 다양한 변형으로 나타난다. 내포 저자는 작품마다 새롭게 창조된다. 부스는 필딩의 『아멜리아『Amelia』의 한 구절을 인용하면서 다음과 같이 말한다. "이것으로 부터 이보다 앞서 쓰인 작품들에 나타나는 필딩을 추측할 수 있을 까?"(부스 1987, 83) 이러한 텍스트 내재적 저자론은 부분적으로는 부스의 '저자author' 개념이 소설가를 모델로 한 것이라는 사실과 관련이 있다. 즉 작가가 작품마다 새로운 제2의 자아로서 내포 저자를 창조한다는 가정에는 소설 한 편 한 편이 하나의 작품으로서 자체 완결성을 지닌다는 전통적 미적 이념이 암암리에 작용하고 있는 것이다. 그러나 헨리 필딩이 아무리 제2의 자아를 새롭게 창조했다고 해도『톰 존스』를 읽은 독자가『아멜리아』를 같은 작가의 작품으로 알고 읽는 것과『아멜리아』에서 저자 이름을 삭제하고 이를 익명의 소설로 읽는 것 사이에는 차이가 있을 것이다. 독자가 두 작품을 서로 연결해서 함께 생각할 수 있는 것은 그 두 작품을 한 사람이 썼다는 사실에 대한 인식, 즉 실제 저자에 대한 인지가 있기 때문이다. 저자 인지를 바탕으로 독자는『톰 존스』의 저자 필딩이 후속 작품에서 어떤 연속성과 변화를 나타내고 있는지 주시할 것이다. 이때 작품에 따라 큰 진폭의 변화를 보여주는 저자라는 이미지가 생겨난다면, 이 역시 독자의 저자 구성 작업이 만들어낸 것으로, 실존 인물 헨리 필딩과 동일시 되는 가상 저자의 특성에 속한다고 보아야 할 것이다.[17]

17) 웨인 부스가 내포 저자라는 개념을 제안한 이래 많은 이론가들이 실제 저자와 구별되는 텍스트 자체의 저자를 명명하기 위한 대안적 개념을 제안해왔다. 그 가운데 이 책의 가상 저자 개념에 특히 근접해 있는 것은 그러한 저자가 독자의 해석적 작용의 결과라는 점을 특히 강조하는 애벗과 네하마스의

여기서 이 책 전체의 논의 전개에서 결정적인 의미를 지니는 인식이 도출된다. 실존 인물 또는 실제 저자로서의 필딩과 독자가 소설을 읽으면서 가지게 된 필딩의 이미지, 가상 저자로서의 필딩은 혼동되어서는 안 된다. 그러나 잊지 않아야 할 것은 가상 저자도 결국은 독자가 텍스트의 진술 주체를 실제 저자와 소박하게 동일시하는 데 영향을 받아서 구성된다는 사실이다. 『조지프 앤드루스』, 『위대한 인물 조너선 와일드의 생애』, 『톰 존스』, 『아멜리아』 등을 창작한 어떤 단일한 주체가 가상 저자로 독자의 의식에 각인된다면 이는 역시 각 작품에 기입된 '헨리 필딩'이라는 이름이 모두 동일한 실존 인물을 가리킨다는 믿음 때문이다.

그렇다면 이렇게 말할 수 있을 것이다. 저자 구성이나 가상 저자 같은 개념은 실제 저자와 텍스트의 진술 주체를 구별하기 위한

개념이다. H. 포터 애벗은 부스의 내포 저자가 독서 과정에서 독자의 마음속에 형성되는 것이기에 추정된 저자(inferred author)라고 부를 수 있다고 말한다. "이야기에 의도되어 있는 의미를 논의할 때 우리는 우리 자신이 텍스트에서 추정해낸 버전의 내포 저자를 근거로 우리 입장을 주장한다"(Abbott 2002, 78). 애벗은 여기서 같은 작품에 대해 독자마다 서로 다른 버전의 내포 저자가 있을 수 있음을 시사한다. 그러나 그는 내포 저자라는 부스의 개념 자체를 포기하지는 않기에, 부스처럼 내포 저자 혹은 추정된 저자를 오직 하나의 작품에 전속된 존재로 보는 데 암묵적으로 동의하고 있는 것처럼 보인다. 알렉산더 네하마스는 가정된 저자(postulated author)라는 개념을 제안한다. 네하마스가 말하는 가정된 저자는 실제 저자와 구별되지만, 가능한 한 실제 저자에 근접해야 한다. 그것은 실제 저자에 대한 역사적 지식을 근거로 해서 "텍스트의 저자로서 역사적으로 설득력 있는 인물"(Nehamas 1981, 146)을 구성해야 한다는 해석적 규제 원리의 성격을 띠며, 이 책에서 말하는 가상 저자와는 차이가 있다. 가상 저자는 현실의 독서 과정에서 다양한 독자가 머릿속에 떠올리는 저자를 모두 포괄한다.

이론적 개념이다. 그러나 실제 저자와 구별되는 가상 저자는 역설적이게도 이러한 이론적, 반성적 구별을 알지 못하는 소박한 독자의 의식, 즉 텍스트가 환기하는 진술 주체를 곧바로 실제 저자로 인지하는 독자의 의식을 전제한다. 저자 인지와 저자 구성은 이렇게 역설적으로 얽혀 있다.[18]

  저자 인지는 저자 구성에 큰 영향을 준다. 주체에게서 분리되어 독자적으로 존속할 수 있다는 텍스트의 매체적 특성 때문에 저자 인지가 불가능하게 될 가능성은 있지만, 그렇다고 해서 독자가

18) 푸코는 이 문제를 저자 이름의 기능에 대한 논의에서 상론하고 있다. 그는 여기서 러셀에서 비롯된 이름 혹은 고유명사가 지시어구인가, 기술어구인가를 둘러싼 논쟁을 암시하면서, 일반적으로 고유명사가 특정한 인간을 가리키는 지시어구이지만, 저자의 이름은 예컨대 '아리스토텔레스는『분석론』을 쓴 사람이다'와 같이 기술어구에 더 가까워서 만일『분석론』을 다른 저자가 썼음이 드러난다면 아리스토텔레스라는 이름의 의미가 변화한다고 주장한다. 푸코는 저자 이름이 담론적 기능으로 환원될 수 있다는 생각으로 나아간다. "저자 이름은 분류 기능을 가진다. 우리는 그러한 이름에 의지하여 일정한 수의 텍스트를 한데 모으고 경계를 정하고 다른 텍스트들을 여기서 배제하고 대비시킨다. 게다가 저자 이름은 텍스트들 사이에 관계를 만들어내는 효과를 발휘한다"(Foucault 2000, 210). 저자의 이름은 단순히 지시적인 고유명사와 다음과 같이 구별된다. "저자의 이름은 고유명사처럼 담론의 내부에서 그 담론을 생산한 외부 현실의 개인을 향해 가는 것이 아니라 모종의 방식으로 텍스트들의 외곽에 이르러 이를 재단하고 그 모서리를 따라가며 그 존재 방식을 드러내거나 아니면 적어도 그 특징을 규정한다"(Foucault 2000, 210). 지시적인 고유명사와 담론적 분류와 경계 설정 기능을 하는 저자 이름 사이의 대립은 상대화되어야 한다. 왜냐하면 저자 이름이 한 텍스트의 경계선을 넘어서 여러 텍스트 사이에 관계를 만들어낼 수 있는 것은 저자 인지를 통해 그 이름이 텍스트 안에서 텍스트 바깥으로 완전히 나가 텍스트 밖에 있는 실존 인물과 연결되기 때문이다. 저자 인지를 허용하지 않는 익명의 텍스트만이 무명의 저자를 순수하게 텍스트 내부에 붙잡아둔다.

저자에 대해 전혀 무관심할 수 있는 것은 아니다. 롤랑 바르트가 저자의 죽음과 부재, 즉 텍스트의 생산과 함께 그 기원이 파괴된다는 사실을 텍스트의 기본적 존재 양식으로 본 것과는 달리(Barthes 2000, 184), 텍스트는 모든 언어적 소통 과정 속의 전언과 마찬가지로 발신자에서 수신자로 전해지는 것, 즉 저자와 독자를 이어주는 매개체이며, 그런 까닭에 독자는 텍스트를 통해 저자를 인식하고 저자를 통해 텍스트를 이해하려 하기 마련이다. 저자 인지를 불가능하게 하는 익명성은 저자에 대한 인식에 상당한 제약을 가져올 뿐만 아니라 저자를 통해 텍스트의 이해를 확장할 수 있는 길을 아예 막아버린다. 이 때문에 익명성은 독자에게 소통의 결손으로 지각될 수밖에 없으며, 텍스트가 자체 내에 저자 인지 장치를 가진다는 것은 대단히 특별한 관습이라기보다는 매체의 결함을 소통적 요구에 따라 보완하려는 매우 자연스러운 반응이라고 할 것이다. 그 반대로 익명의 편지가 예외인 것처럼 저자 인지 자체를 회피하는 익명성의 관습도 텍스트 소통의 보편적 조건이 아니라 특수한 현상으로 보아야 한다. 언어적 소통과 의미작용의 메커니즘 자체가 저자 인지의 필요성을 제기한다면, 근대 이전의 텍스트에서 익명성이 오히려 일반적인 현상이었다는 전제 아래 익명주의의 퇴조와 저자 이름을 중시하는 저명주의의 출현을 서양 근대의 특수한 개인주의적 이념의 산물로 보는 견해는 반드시 정확한 이야기라고 할 수는 없을 것이다.[19] 그 이념이 저자의 가치와 의미에 큰 변화를 가져온 것은 사실이지만, 이로 인해 저자에 대한 관심이 비로소 일깨워졌다거나, 심지어 저자가 탄생했다는 견해는 지나친 과장이다.

일반적인 언어적 소통의 모델에서 출발하여 저자에 대한 관심이 특정한 시대와 문화에 국한된 것이 아니라 일반적 경향이라고 가정한다면,[20] 익명주의를 진술 주체와 물리적으로 분리되어 존속하는 텍스트 또는 글이라는 매체의 고유한 성질에서 도출하려 할 것이 아니라, 저자에 대한 관심이라는 일반적 맥락 속에서 나타나는 특수한 현상으로 해석함이 타당할 것이다. 이에 따르면 특정한 시대나 문화에 익명주의적 관습이 널리 퍼져 있었다는 것은 저자에 대한 무관심이 지배했다는 증거도, 근대 이후의 강력한 저자주의가 특수한 문화적 현상이라는 증거도 아니다. 익명주의는 역설적으로 텍스트를 통한 소통에서 저자와 저자의 인지가 매우 중요한 의미를 가지기 때문에 나타나는 현상일 수도 있다. 이에 대해 다음 절에서 살펴보기로 하자.

19) 그것은 바르트와 푸코의 저자론 바탕에 공통적으로 깔려 있는 생각이며, 많은 저자에 관한 논의에서 답습되고 있는 생각이기도 하다. 여기서는 대체로 익명주의가 당연한 원칙이었던 중세와 익명성을 참지 못하는 근대가 대비되며, 특히 저자에 대한 과도한 관심을 바탕으로 하는 근대적 저명주의가 역사적으로 특수한 태도임이 강조된다(Barthes 2000, 185-186; Foucault 2000, 212-213).

20) 칼 아이블은 저자에 대한 관심을 세계의 상태나 변화에 책임이 있는 의도적 행위자를 찾으려는 인간의 생물학적 성향으로까지 보편화한다. "우리의 유전적 성향은 모든 진술마다 그 진술을 행하고 그 진술로 뭔가를 의도하고 전달한 누군가를 찾게 만든다"(Eibl 1999, 59).

3) 저자 인지의 회피

저자 인지가 텍스트의 의미를 구체화하고 저자를 구성하는
데 필요한 정보를 제공해준다면, 어떤 경우에 의도적으로 저자 인
지가 포기되는가? 왜 익명적인 텍스트의 생산이 이루어지는가? 텍
스트를 익명화하는 데는 다양한 동기가 작용하며 그것은 중세(전
근대)/근대라는 시대 구분론으로 환원될 수 있는 문제가 아니다.[21)

텍스트는 무엇보다도 저자가 텍스트 자체만 공개하고 자신의
신원을 공개하지 않으려 할 때 익명적으로 된다. 그렇게 함으로써
텍스트를 통해 환기되는 가상 저자와 실제 저자인 자신 사이에 연
결고리나 동일성의 관계가 발생하지 않게 하려는 것이다. 텍스트
에 대한 정치적 검열과 박해의 시대에 이러한 종류의 익명적 글이
많이 생산된다. 작가를 탄압하는 권력자들은 가상 저자와 실존 인
물로서의 저자의 동일성을 그 누구보다도 더 확고하게 믿는다. 이
때문에 그들에게 저자로 인지된다는 것은 때로 죽음을 의미할 수
도 있다. 정치적 박해로 인한 익명주의에서 특징적인 것은 저자의
신원(나)이 숨겨지는 데 반해 자아 원점을 구성하는 또 다른 요소,
'지금'과 '여기'라는 시공간적 좌표는 명백히 드러난다는 점이다.

---

21) 근대의 익명 출판에 대한 선구적 연구를 수행한 로버트 J. 그리핀은 '익명주
의에서 저자주의로'라는 단순한 역사적 도식에 이의를 제기하며 중세에도 저
자 이름에 대한 관심이 높았듯이 근대 이후에도 익명 출판의 관행이 폭넓게
남아 있었으며 출판 시장이나 저작권의 확립과 저자명의 표기가 필연적으로
연동되어 있는 현상은 아니라고 주장한다(Griffin 2003, 1-15).

텍스트는 텍스트가 유통되고 있는 지금, 이곳의 텍스트다. 익명의 저자는 지금, 여기에서 말한다. 저자와 독자 사이에 시공간적 거리는 거의 없다. 텍스트의 현재성은 정치적 사안에 관한 것일수록 더욱 중요한 의미를 지니기 때문이다.

텍스트를 통한 정치적 저항이 실존하는 개인에 대한 권력의 탄압을 촉발한다는 것은 저자 인지의 현실적 영향을 잘 보여준다. 저자 인지는 가상 저자와 실제 저자의 동일성을 수립하고, 따라서 실제 저자에게 가상 저자에 대한 전면적인 책임을 요구한다. 그 책임에는 정치적인 것뿐만 아니라 윤리적인 것도 포함되니, 작품을 통해 풍속을 어지럽혔다는 이유로 박해받은 무수한 저자들의 사례가 이를 증명해준다. 더 포괄적으로 표현한다면 글에 대한 가치평가가 저자 구성 과정을 거쳐 그 글을 생산한 실존적 개인으로서의 저자에 대한 가치평가로 전이된다는 것이 바로 저자 인지의 중요한 효과 가운데 하나라고 할 수 있다. 익명성은 그러한 저자 인지의 효과에서 벗어나기 위한 선택이다.

정치적 검열과 탄압을 피하기 위한 익명주의는 저자가 추구하는 가치와 억압적 권력의 가치가 충돌하는 데서 나오는 현상이다. 이때 저자가 자기가 쓴 텍스트에 대해 책임 있는 주체로 나서지 않는 것은 권력으로부터 제기되는 물리적 위험에서 벗어나기 위한 어쩔 수 없는 선택일 뿐, 권력이 요구하는 가치에 굴복하기 때문은 아니다. 그런데 어떤 저자는 자신이 쓴 글로 인해 오명을 쓸 것이 두려워서, 또는 자신이 그런 글을 쓴다는 것에 스스로 부끄러움을 느끼기 때문에 익명으로 남기를 선택할 수도 있다. 부끄러운 짓을 하지 않으면 되지 않느냐고 물을 수도 있겠지만, 문제는 그렇게 간단하지 않다. 저자는 어떤 글을 쓰고자 하는 욕망과 그런 텍스트의 저자에 대한 사회적 평가 사이에서 분열 상태에 빠질 수 있기 때문이다. 시인으로서 높은 명망을 누리던 월터 스콧 경이 역사소설 『웨이벌리』를 익명으로 발표한 것이 그러한 예에 해당된다. 소설이라는 장르에 대한 사회적 평가가 높지 않은 시대에 월터 스콧은 자신의 이름을 걸고 역사소설을 발표한다는 것이 자신의 사회적 지위나 문학적 명성과 어울리지 않는다고 생각했지만 소설 쓰기에는 대단한 흥미를 느꼈다. 이러한 모순 사이의 타협책으로 선택한 길이 소설을 써서 발표하되, 저자 인지를 회피함으로써 시인이자 고명한 법률가로서의 이름을 훼손하지 않는 것이었다.[22]

22) 스콧의 『웨이벌리』가 대성공을 거두자 그의 친구 존 베이컨 소리 모릿은 편지를 보내 이 뛰어난 작품이 스콧의 시인으로서의 명성을 오히려 드높일 것이라며 이름을 밝히라고 권유한다. 그러나 스콧은 친구의 권유에 다음과 같이 답변한다. "나는 이른바 정통 영웅을 묘사하는 데 서투르네. 그 대신 변경 지역의 수상쩍은 인물들, 해적들, 하일랜드 지방의 강도들, 그 외에 모든 로빈 후드류의 인물들에 끌리는 불행한 성향을 가지고 있네. 나는 웨이벌리를 소유하지 않을 걸세. 주된 이유는 그렇게 했다가는 나한테서 다시 글쓰기의 즐거움이 사라질 것이기 때문이네. […] 사실 나는 법정 서기로서 소설을 쓴다는 것이 품위에 어울리는 일이라 할 수 있을지 확신이 잘 안 서네. 판사가 사제라면 서기는 평수사 같은 존재로서 사람들은 그의 걸음걸이와 행동거지에서 어느 정도 엄숙함이 느껴지기를 기대하거든"(Conney 1972, 208). 이 편지에는 자신이 쓰는 소설의 도덕적 수상쩍음에 부끄러움을 느끼는 동시에 그것에 매혹되어 있는 스콧의 양가적 감정이 잘 나타나 있다.

이상의 고찰에서 끌어낼 수 있는 한 가지 결론은 저자 인지를 회피하는 익명주의적 경향이 텍스트와 사회의 긴장 관계에서 나타난다는 것이다. 이러한 긴장과 갈등은 글을 쓴 저자에게 물리적인 위해를 가져올 수도 있고 상징적 존재 가치의 훼손을 초래할 수도 있기에, 저자는 이러한 문제에서 벗어나기 위해 저자 인지를 거부하게 되는 것이다. 그러나 이는 역설적이게도 독자 혹은 사회의 편에서 저자 인지에 대한 높은 관심이 존재한다는 것을 보여준다. 저자가 저자 인지를 회피한다는 것은 글의 저자를 확인하고 그를 어떤 식으로든 평가하거나 단죄하고자 하는 상당한 사회적 압력에 직면해 있음을 의미한다. 누가 이 글을 썼는가라는 문제는 텍스트를 통한 저항과 도발에 직면한 권력에게는 권력의 유지를 반드시 밝혀내지 않으면 안 되는 긴급한 정치적 관심사일 수도 있고, 월터 스콧의 경우처럼 누가 이렇게 재미있는 소설을 썼을까 하는 대중적 호기심의 대상일 수도 있다. 요컨대 텍스트와 사회의 긴장 관계에서 생겨나는 익명주의는 저자에 대한 무관심의 결과가 아니라 실제 저자에 대한 과도한 관심의 결과인 것이다.

그렇다면 텍스트에 대한 사회적 가치평가가 높아서 저자 인지를 통해 실제 저자의 사회적 평가도 함께 올라가는 경우, 혹은 (쉽게 생각하기 어려운 경우이긴 하지만) 텍스트가 실제 저자의 가치에 대해 중립적인 경우에는 저자 인지가 정상적으로 이루어질 것이라고 추론할 수 있다. 그것은 저자 인지를 문어적 소통 또는 텍스트 소통의 기본적 요구로 보는 본 논문의 입장에서 자연스럽게 도

출되는 결론이다.[23)]

그러나 이와 같은 추론은 텍스트와 사회의 긴장 관계가 저자 인지의 회피 여부를 결정하는 유일한 요소가 아니기 때문에 부정확하다. 때로는 텍스트의 가치가 그 텍스트를 실제로 쓴 저자 개인이 감당할 수 없을 정도로 높은 경지에 있기 때문에 저자 인지의 회피가 일어날 수도 있다. 즉 그 텍스트의 저자가 어떤 평범한 개인으로 확인될 때 텍스트의 가치가 훼손된다는 판단이 저자 인지를 회피하게 만든다는 것이다. 종교가 절대적 권위를 가지는 사회에서 종교의 주춧돌을 이루는 신성한 텍스트들이 그러하다. 그러한 텍스트는 신적인 것에 원천을 두어야 하기에 그것을 실제로 쓴 인간 저자가 표면에 나설 수는 없는 것이다.

어떤 문화적 구도에서는 인간 저자 사이에도 엄격한 등급이 존재하여 이로 인해 사실에 부합하는 저자 인지가 회피될 수도 있다. 움베르토 에코는 중세인과 근대인의 문화적 태도의 차이를 비교하면서 다음과 같이 말한다.

중세 학자는 언제나 자신은 어떤 새로운 것도 창안하거나 발

---

23) 이때 저자가 저자 인지의 요구에 부응하느냐 아니면 회피하고 익명으로 남느냐는 텍스트에 대한 실제 사회적 평가가 아니라 이 평가에 대한 저자 자신의 예상에 따라 결정될 것이다. 텍스트에 대한 실제 사회적 평가는 텍스트의 발표 이후에 오는 것이기 때문이다. 그리고 각주 22번에서 월터 스콧의 예가 보여주듯이 무엇보다도 사회적 반응에 대한 저자 자신의 주관적 감수성이 저자 인지를 회피하게 하는 변수가 된다.

견한 것이 없다는 듯이, 부단히 과거의 권위를 원용한다. [⋯]
그는 자기보다 전에 누가 이미 말한 것이라고 포장하기 전에
는 어떤 새로운 이야기도 꺼내서는 안 된다. 잘 생각해보면 이
는 데카르트 이후 계몽된 근대에 사람들이 하는 것과 정확히
반대되는 태도이다. 주자하다시피 데카르트 이후 철학자나 과
학자는 뭔가 새로운 것을 도입할 때만 어느 정도 인정받을 수
있는 것이다. (낭만주의 이후로는, 혹은 매너리즘까지 거슬러 올라갈
수도 있는데, 같은 원칙이 예술가에게도 적용된다.) 중세인은 그렇지
않다. 그는 정반대로 행동한다(Eco 1987, 25).

근대에는 뭔가 새로운 것을 내놓았다고 해야 주목을 받기 때
문에, 근대의 저자는 이미 예전에 누가 말한 것도 자기가 처음으로
말했다고 주장하고픈 유혹에 빠진다. 그런데 중세의 저자는 자기
가 처음으로 한 말조차 이미 과거에 말해진 것이라고 주장한다는
것이다. 중세인은 근대인이 배워야 할 놀라운 겸손의 미덕을 지닌
것일까? 중세 사회가 새로운 것의 가치를 전혀 알아주지 않았기
때문일까? 에코 자신이 암시하는 것처럼 중세와 근대의 차이는 그
렇게 텍스트 자체의 새로움에 대한 태도 차이로 설명할 수도 있겠
지만, 이와는 다른 측면에서 중세적 상황을 설명할 수도 있다. 중
세는 어떤 새로운 인식을 인정하는 데 인색했다기보다, 당대인 가
운데서 새로운 것을 발견할 만큼 뛰어난 저자가 나올 수 있다는 것
을 좀처럼 인정할 수 없었던 것이 아닐까? 그리하여 중세의 저자

는 어떤 새로운 것을 발견했음에도 불구하고 이를 자기 자신의 말로 제시해서는 진지하게 받아들여질 수 없었던 것이다. 당대의 저자에게 대단한 권위와 신뢰가 인정되지 않았기 때문이다. 이런 상황에서 중세 학자들은 같은 내용을 이미 권위를 확립한 과거 저자의 이름과 연결시킴으로써 텍스트의 가치를 높이고, 사회적 영향력을 강화하고자 한 것이다.[24] 이러한 거짓된 저자 인지의 예를 통해서 우리는 저자 인지의 또 다른 효과를 인식하게 된다. 가치 있는 저자의 이름은 텍스트의 가치를 높이고, 무가치한 저자의 이름은 텍스트의 가치 역시 떨어뜨린다는 것이다.

소설가로 알려지는 것을 꺼린 월터 스콧의 경우는 텍스트가 저자의 가치를 떨어뜨릴 가능성에 반응한 것이고, 권위 있는 고대 저자의 이름을 앞세운 중세 학자는 자신이 저자로 인지될 경우 텍스트에 부정적 영향을 줄 수 있다는 점을 우려한 것이다. 조지 엘리엇처럼 19세기 여성 작가들이 남성 필명으로 작품을 발표한 것도 중세인의 경우와 같은 맥락에서 이해할 수 있다. 여성의 글에 대한 가치평가가 일반적으로 박하던 환경에서 여성 작가들은 자신의 작품이 좀 더 중요하게 받아들여지기를 바라는 마음에서 그런 선택을 한 것이다.[25]

---

24) 세르반테스의 『돈키호테』에서는 소설의 서문 쓰기를 고민하는 저자에게 친구가 하는 충고는 이러한 권위 끌어대기에 대한 패러디로 볼 수 있다. "그건 조금만 노력해서 자네가 직접 쓰고, 그 글에다 자네 마음에 드는 이름을 붙이고 세례를 하면 되는 거 아닌가. 인도의 요한 승정이나 뜨라뻬손다 황제가 쓴 거라고 하면서 말일세. 내가 들은 바로는 그들이야말로 정말 유명한 시인이라고 하더군"(세르반테스 2005, 22).

종교적 텍스트의 원천을 인간이 아닌 신적인 영역으로 승격시키는 경우에도 저자 인지의 조작을 통해서 글의 가치를 높인다는 기본 메커니즘은 동일하다. 다만 그러한 익명화 또는 저자 인지의 조작은 단순히 자신의 텍스트를 더 중요하게 만들고자 하는 실제 저자의 개인적 욕망에서 일어나는 일은 아니다. 종교적인 사회에서 텍스트의 신성화와 저자의 신격화는 공동체의 욕망과 공동의 실천을 통해서 이루어진다. 저자 개인이 자신을 숨기고 신성을 텍스트의 원천으로 내세운다면 그것은 공동체의 요구와 압력 속에서 그렇게 하는 것이고, 공동체는 그것을 기꺼이 믿어줌으로써 해당 텍스트를 공동체의 종교적 지주로 삼는 것이다.

마지막으로 꼽을 수 있는 익명주의의 또 하나의 유형은 글은 있지만 그 글을 만들어낸 주체를 어떤 한 사람으로 특정할 수 없는 경우이다. 구어는 기본적으로 개별자의 발화다. 구어의 주체는 개인이다. 그것은 구어가 한 개체가 가지고 있는 발성기관의 지극히 개별적인 운동을 통해 생성되는 것이기 때문이며, 또한 구어의 내용을 순간순간 생성해내는 뇌의 작용도 개체의 경계 안에서, 즉 하나의 뇌 안에서 이루어지는 것이기 때문이다. 구어는 그런 의미에서 개별적 신체와 분리될 수 없다. 그러나 문어적 소통에서는 집

25) 텍스트의 영향력을 높이기 위해 성별의 인지를 회피한 것은 19세기만의 일은 아니다. 전 세계적인 베스트셀러 『해리 포터』의 저자 조앤 롤링은 1997년 이 시리즈 첫 번째 권인 『해리 포터와 마법사의 돌』을 출간할 때 주독자층인 소년들에게 여성 작가의 이름이 호소력이 떨어질 것이라고 판단한 출판사의 요구에 따라 성별을 감춘 필명 J. K. Rowling을 사용했다.

단적 발화가 가능하다. 글은 개별자의 신체와 불가분의 관계로 엮여 있지 않다. 그래서 집단이 함께 논의하고 공동으로 글을 작성하여 발표할 수 있는 것이다. 그중에 어떤 개인이 대표로 집필하더라도 그 글이 집단의 위임과 동의를 받은 것이면 그 집단 전체가 글의 저자가 된다(공동선언문 같은 것). 신문의 무기명 기사도 마찬가지다. 그것 역시 기자 개인이 집필한 것이지만, 개인 저자의 이름은 밝혀지지 않는다. 그렇다고 단순히 익명의 텍스트라고 할 수도 없다. 독자들은 그 기사를 해당 신문사의 목소리로 지각한다. 신문사와 같은 비인격적 기관이 저자의 자리를 대신한다. 헌법이나 법률의 조문은 어떠한가? 법조문의 저자는 누구인가? 모세의 십계명은 신이 그 저자다(이는 물론 위에서 말한 글의 신성화 메커니즘이 작동한 결과다). 그러면 세속화된 국가에서의 법은 어떤가? 물론 실제로 법조문을 생각해내고 작성한 개개인이 저자라고 할 수는 없다. 그들이 법조문 하나하나를 구성하고 직접 적었을지는 모르지만, 그들에게는 "사람을 살해한 자는 사형, 무기 또는 5년 이상의 징역에 처한다"는 문장이 정말로 의미를 지니도록, 즉 현실을 규제하는 힘이 되도록 만들 수 있는 권위는 없기 때문이다. 그렇다면 세속화된 국가에서 법조문의 저자는 국가라고 보아야 할 것이다. 그리고 법조문의 저자를 개인이 아닌 국가로 만드는 것은 궁극적으로 제도의 힘, 그러한 제도를 확립한 국가적 권력이다(법조문은 엄밀히 말하면 한정적인 글이므로, 저자가 아니라 필자라고 보아야 한다).

이처럼 집단적 합의나 사회적 제도와 권력이 실존적 개인을 저자의 자리에서 밀어내기도 하지만, 한 편의 글이 실제로 다양한 사람들 사이의 자연스러운 상호 작용 속에서 만들어지기에 특정한 개인을 저자로 인지하는 것이 불가능한 경우도 있다. 명확하게 어떤 집단이 있어서 그 집단의 계획과 의도하에 텍스트가 작성된다면 그래도 집단 주체를 저자로 지목할 수 있지만, 긴 시간을 두고 자연스럽게 여러 사람이 하나의 텍스트가 형성되는 데 참여했다면, 개인을 대신하여 저자의 자리를 차지할 집단조차 분명히 정의하기가 어려울 것이다.

이러한 무계획적이고 자연스러운 협업에 의한 텍스트의 형성은 다음 몇 가지 조건이 맞아떨어질 때 이루어진다. 첫째, 어떤 이유에서든 글의 형성 과정에 참여한 주체들이 익명의 상태로 머무르려는 경향을 보일 것. 텍스트가 사회적 가치가 너무 형편없는 것이어서 글의 작성자가 저자 인지를 회피하든 (우리는 '인터넷 유머'의 저자를 알지 못한다), 글에 신성한 가치를 부여하기 위해 저자 인지가 억제되든 말이다.

둘째, 텍스트가 '오픈소스' 상태에 있어야 한다. 텍스트의 저자는 익명으로 남아 있어야 할 뿐만 아니라, 자신의 텍스트를 어떤 독점적 소유관계와도 무관하게 진정한 의미에서 일반에게 공개해야 한다. 그리하여 텍스트가 공동체 내의 공동의 자산이 되어야 한다. 누구나 그것을 읽을 수 있을 뿐만 아니라, 그것에 손을 대고 다시 쓸 자유를 누려야 한다. 근대의 소설가가 선택한 익명성은 대부분 여기에 해당하지 않는다. 예컨대 월터 스콧은 독자 대중에게 자신의 신원을 밝히지 않았을 뿐, 자신의 작품 자체를 모든 소유관계 바깥에 있는 대상으로서 누구나 접근하고 누구나 사용할 수 있게 자유롭게 풀어놓은 것은 아니었다. 월터 스콧을 비롯한 근대의 익명적 작가들은 자신과 작품 사이의 끈을 끊어버리지 않는다. 그들이 제공한 작품은 판매되고 판매 대금 일부는 실제 저자에게로 흘러들어 간다. 판매된 후에도 구매자는 작품을 마음대로 사용할 수 없다. 역시 디지털 세계의 비유를 사용한다면, 독자가 작품 파일을 열고 편집 모드로 진입하여 스스로 그 작품의 저자로 참여하는 것은 불가능하다. 작품을 구매한 독자도 오직 '읽기 전용'으로만 파일을 열어볼 수 있다. 이렇게 일반에 알려지든 알려지지 않든 관계 없이 저자와 텍스트의 관계가 저작권에 따른 계약 관계로 묶여 있는 한, 저자의 신원도 결국에는 밝혀지기 마련이다. 월터 스콧의 경우처럼 생전에 밝혀지기도 하고, 사후의 추적과 연구를 통해 드러나기도 한다.

근대 이전의 서사문학 작품은 대체로 익명주의와 오픈소스라는 두 조건 속에서 오랜 시간에 걸쳐 진화하고 완성되었다. 전근대 중국에서 소설은 중국 문명을 이루는 거대한 텍스트의 우주에서 매우 낮은 지위를 누렸기 때문에 저자들이—그들도 대체로 결코 상위 계층은 아닌 중간 식자층에 지나지 않았음에도 불구하고—자신의 이름을 밝힐 수 없었고, 자신의 글에 대한 배타적 저작권이란 관념도 존재하지 않았다. 소설에 대한 사회적 가치평가가 워낙 낮기 때문에 저자는 저자 인지를 회피할 뿐만 아니라, 자신이 쓴 텍스트를 타인이 재활용하며 상업적 이득을 올리는 데 대해 제동을 걸 동기도 없었던 것이다. 따라서 어떤 이야기가 발표되어 세상에 유통되고 인기를 누리면 그것에 편승하여 많은 사람들이 원저작을 다시 쓰고 각색하는 일이 다반사였다. 『삼국지 연의』 같은 소설도 이와 같은 과정 속에서 점점 더 방대한 규모로 발전해갔다. 훗날 이 소설의 저자로 알려진 나관중은 현재 우리가 읽는 『삼국지 연의』에 가장 가까운 작품의 내용을 집대성하고 하나의 전체로 조화롭게 만든, 후기의 편집자 혹은 완성자라고 할 수 있지만, 근본적으로는 수많은 부분 저자들 중의 한 명일 뿐이다. 나관중의 이름이 남은 것은 그의 시대에 와서 비로소 소설(연의)이라는 장르가 다소나마 과거의 오명에서 벗어났고 작품 자체의 명성도 높아졌기 때문이다. 그리하여 작자나 편찬자로서 이름을 알리는 것이 더 이상 부끄러운 일이 아니게 된 것이다.[26)]

26) 이러한 과정에 관해서는 서경호의 책 『중국소설사』의 서술을 참조할 수 있다 (서경호 2004, 297-307, 357-363). 서경호는 오랜 기간에 걸쳐 집단적으로 창작되는 "적층문학"의 오픈소스적 특성에 관해 다음과 같이 말한다. "문인들이 쓰는 문장에는 표절이라는 잣대가 비교적 엄격하게 적용되고 있었다. 다른 사람이 쓴 시구나 특수한 표현을 도용한다는 것은 문인의 수치로 여겨지고 있었다. […] 그러나 이야기만큼은 달랐다. 이야기는 얼마든지 각색되거나 개작될 수 있는 대상이었다. 더욱이 애초의 이야기를 더 좋은 이야기로 개작하는 것은 좋은 일로 간주되기까지 했다. 그렇기 때문에 이야기는 거듭거듭 개작되면서 그때마다 새로운 작품으로 나타날 수 있었다"(서경호 2004, 299-300). 원대 소설의 발전에 관한 서경호의 서술에서 당시에 이야기는 마치 주인이 없이 누구나 활용할 수 있는 공유물같이 다루어졌음을 알 수 있다. 문인과 시 사이의 관계와 이야기의 저자와 이야기 사이의 관계가 이렇게 다르게 취급된 사실에서도 저자의 문제가 텍스트에 대한 가치 평가의 문제와 밀접하게 관련되어 있음을 다시 확인할 수 있다. 서사문학과 저자의 문제에 관해서는 이 책의 보론에서 더 자세히 고찰하기로 한다.

여기서 주목할 것은 텍스트가 이처럼 집단적으로 형성된다고 하더라도, 게다가 그 집단이 『삼국지연의』의 경우에서 보듯이 동질적인 의도를 지닌 한정된 범위의 구성원을 지닌 집단이 아니라 그 텍스트의 완성 과정에 임의로 참여한 모든 잡다한 부분 저자의 총합에 지나지 않는다 하더라도, 일단 텍스트가 하나의 전체로서 일정한 조화와 일관성을 갖추기만 한다면 독자는 그 속에서 어떤 단일한 발화 주체를 만나고 있다는 환상을 경험할 것이다. 전체로서의 텍스트(작품)는 텍스트를 관통하는 통일적 목소리의 환영을 만들어내고 독자는 독서를 통해 그 목소리의 주인공, 단일 인격으로서의 저자를 재구성한다. 실제 저자와 가상 저자 사이의 불일치는 이렇게 집단적으로 형성된 텍스트에서 더욱 극적으로 나타난다. 여기서 독자는 가상 저자를 단일한 인격으로서 경험하지만, 저자 인지를 통해 가상 저자를 실존하는 인간과 연결시키고자 하면 이런 통일성 있는 주체로서의 저자라는 이미지는 산산이 흩어져버린다.

이 책 제3장에서 글쓰기 과정에 관하여 서술한 바에 따르면 한 개인 저자조차 일관성 있게 자신의 의도를 관철시키는 통일적인 주체라기보다는 글 쓰는 동안 계속 갈팡질팡하는 산만한 존재다. 글을 쓰기 시작했을 때의 저자와 글을 완성한 뒤의 저자가 다르다. 『삼국지연의』가 오랜 시간에 걸쳐 만들어지는 과정에서 이질적인 부분 저자들이 거쳐 갔듯이, 개인 저자 역시 하나의 저작을 완성하는 시간 동안 계속 변화하며 그의 내면에는 상충되는 의도들이 교차한다. 하나의 일관된 저자의 모습은 사후적으로만 구성되는 것이다. 이런 의미에서 개인의 익명성 속에서 진행되는 집단적 저작은 글쓰기 과정을 표본적으로 보여주는 모델로 나타난다.

4) 저자와 텍스트의 변증법

위에서 익명성을 저자 인지의 회피 혹은 좌절로 정의하고 그 유형을 살펴보았는데, 이 과정에서 역으로 저자 인지가 어떤 효과를 가지는지가 어느 정도 드러났다. 여기서는 저자 인지의 효과를 좀더 체계적으로 살펴보고자 한다.

일단 익명의 텍스트를 접한 독자는 전적으로 그 텍스트에 의거하여 익명의 저자가 전하고자 한 바를 재구성하며 이를 바탕으로 해서 그 저자의 상을 구성한다. 이때 텍스트 의미(저자가 전하고자 한 바)의 구성과 저자의 구성은 일치한다. 독자는 텍스트가 보여주는 대로 저자의 모습을 본다. 더 정확히 말하면 독자 자신이 그 텍스트를 받아들이는 대로 저자의 모습을 구성한다는 것이다. 익명 텍스트의 가상 저자는 텍스트 자체의 종속변수일 뿐이다. 그 저자는 텍스트 밖으로 나가지 못한다. 그를 내보내 줄 이름이 없기 때문이다. 그는 웨인 부스가 말한 내포 저자로 남는다. 반면 저자 인지를 통해서 가상 저자와 현실에 존재하는 저자의 동일시가 이루어지면 역설적으로 저자는 텍스트의 감옥에서 해방되어 독립

적인 존재가 되고, 이러한 텍스트와 저자의 분리가 양자 사이에
여러 가지 복합적인 상호 작용이 일어날 수 있는 조건을 만들어
낸다.

이 장의 1절에서 이미 저자 인지가 독자에게 저자에 관한 텍
스트 이외의 정보에 접근할 수 있는 가능성을 열어주고 텍스트 이
해와 저자 구성에 활용될 수 있음을 밝힌 바 있다. 저자 인지가 저
자 구성에 어떻게 기여하는지는 앞에서 말한 그레마스의 역량 개
념(2장 4절 참조)을 가지고 좀 더 정확히 기술할 수 있다. 텍스트의
생산(글쓰기)에 전제가 되는 주체적 자질의 총체를 역량이라고 한
다. 일정한 텍스트는 그에 상응하는 저자 역량을 함축한다(간단한
예로 이 텍스트는 저자가 한국어로 글을 쓸 수 있다는 것을 전제한다). 그런
데 저자 인지가 이루어지면 저자 역량에 대한 판단을 텍스트에만
의존하지 않을 수 있게 된다. 저자가 실존하는 어떤 개인이나 주체
로 특정된 후부터는 텍스트 바깥에서 저자의 역량을 알려주는 많
은 정보들을 구할 수 있기 때문이다. 독자가 텍스트 외부의 정보
원천을 통해 먼저 저자의 역량에 대한 판단을 형성한다면, 그 판단
은 저자가 어떤 텍스트를 생산할 수 있을 것인가에 관한 대강의 예
측을 가능하게 할 것이고, 바로 그러한 텍스트에 대한 예측이 그가
실제로 쓴 텍스트를 읽고 평가하는 데 영향을 미친다. 여기서 저자
인지는 저자에서 텍스트 쪽으로 작용한다. 저자 인지가 텍스트 읽
기에 앞서서 저자 역량에 대한 판단을 촉발하고 그것이 텍스트 읽
기에 영향을 준다는 의미에서, 이를 독전讀前 저자 인지라고 부를

수 있다.

　저자에 대한 텍스트 외적 정보가 어떻게 저자 역량에 대한 판
단을 유발하는가? 한 개인으로서의 실제 저자에 관해서 얻을 수
있는 정보는 수없이 다양하다. 개인은 수없이 많은 자질의 복합체
다. 그런데 개인이 가진 이 모든 자질의 거대한 더미가 그대로 저
자의 역량을 구성하는 것은 물론 아니다. 그 가운데서 텍스트 생산
의 전제로 볼 수 있는 자질, 즉 텍스트 생산과 유의미한 연관성이
있다고 여겨지는 자질만이 역량을 구성한다. 이때 선별의 기준은
생산되는 텍스트의 종류와 직접 관련된다. 오늘날의 담론 질서에
서 이상적인 시인과 이상적인 철학자에게 기대되는 역량은 상이
하다. 결국 해당 종류의 텍스트에서 저자가 어떤 조건, 어떤 자질
을 갖추어야 하느냐에 관한 관념, 즉 해당 분야의 이상적인 저자에
대한 관념이 저자의 역량을 정의하는 출발점이 된다. 예컨대 출간
되는 책에서 저자의 간단한 약력과 소개의 글을 조사해본다면 일
반적으로 저자의 어떤 자질이 해당 장르의 저자에게 요구되는 역
량과 유의미한 관련성이 있는 것으로 간주되는지, 장르별로 이상
적인 저자의 관념이 어떤 것인지 재구성해볼 수 있겠다. 개별 독자
는 사회적으로 통용되는 이상적인 저자와 그의 역량에 대한 기대,
더 나아가서 자신이 개인적으로 가지고 있는 이상적인 저자에 대
한 관념을 바탕으로 특정한 저자에 관한 정보를 선별적으로 받아
들일 것이고, 그렇게 받아들인 정보에 따라 해당 저자의 역량을 짐
작할 것이다.[27)]

여성 작가의 예에서 본 것처럼 특정한 집단에 대한 편견이 저자의 역량에 대한 판단에 영향을 미칠 수 있다. 때로는 아주 간단한 정보가 역량이라는 관점에서 중요한 의미를 지닌다. 예컨대 저자의 생물 연대나 그가 살았던 지역에 대한 정보는 그가 무엇을 알 수 있었고, 무엇을 알 수 없었는지, 무엇을 직접 자세히 알고 무엇을 간접적으로 막연하게밖에 알 수 없었을지를 가늠하게 해준다. 따라서 그러한 정보는 저자의 진술에 신빙성을 높이는 작용을 할 수도 있고, 그 반대로 작용할 수도 있다. 독전 저자 인지에서 저자의 역량이 전반적으로 높이 평가되면, 텍스트는 더 진지하게 받아들여지고, 더 가치 있게 느껴질 수 있다. 같은 말이라도 해당 문제에 관해 많은 경험과 지식을 가지고 있는 사람이 하는 말과 그렇지

27) 문학작품의 해석과 관련하여 오래전부터 제기되어온 중요한 문제 가운데 하나는 저자의 삶에서 나온 정보가 어느 정도까지 텍스트 해석에서 고려되어야 하는가의 문제다. 근대에 성립한 문학과 예술의 자율성 이념, 더 나아가 분화와 전문화를 향한 사회의 전반적 발전 경향은 가치의 분화와 분화된 가치의 자립성을 승인하고 존중할 것을 요구하고, 텍스트의 해석과 가치평가도 텍스트가 관여되어 있는 가치 영역(문학의 경우 미적 가치의 영역) 밖의 문제에 좌우되어서는 안 된다는 원칙을 관철한다. 작가의 전기나 사실상의 의도가 작품 해석과 분석에 영향을 주어서는 안 된다는 신비평이나 형식주의의 공리는 이러한 자율성 이념의 이론화였다. 흔히 전기주의(작가의 삶을 통해 작품의 의미를 규명하려고 하는 해석적 경향)에 대한 반발로 나타난 이러한 이론들도 해석자가 작가의 또 다른 작품에서 해석의 실마리를 찾는 데 반대하지는 않는다. 따라서 여기서도 텍스트 해석에서 저자가 가지는 의미를 전면적으로 부정하는 것은 아니며 적어도 문학적 주체로서의 저자의 삶(즉 미적 가치 영역에 포함되는 저자의 삶의 일부)은 충분히 작품 해석의 고려 요인으로 인정하는 셈이다. 특정한 문학이론, 미적 이념은 저자의 삶과 존재에 관한 정보 가운데서 무엇을 선별하여 작품과 유관한 자질로 볼 것인지, 즉 무엇을 작품 생산과 관련된 역량으로 볼 것인지를 결정한다.

않은 사람이 자기 생각대로 하는 말 사이에는 큰 차이가 있기 때문이다. 중세인에게 저자의 이름은 말에 권위를 부여하기 위해 사용되었다. 즉 고대의 권위자를 끌어들이는 것은 말을 높은 역량을 가진 주체의 생산물로 보이게 하는 전략인 것이다.

앞에서 살펴본 것처럼 역량에는 우리가 보통 능력이라고 여기는 것뿐만 아니라 욕망, 의지, 욕구 같은 것도 포함된다. 저자가 되었다는 사실 자체가 소통 의지를 전제하지만, 저자의 역량에는 그 외의 다른 의지와 욕망도 포함될 수 있으며 그것이 독자에게 알려짐으로써 텍스트 해석에 영향을 미칠 수 있다. 폴 드 만의 친나치 행적이나 중혼 사실이 알려졌을 때, 사람들은 작가의 삶을 끌어들이는 텍스트 독해 방식에 대한 그의 이론적 비판에서 예전에는 상상하지 못했던 다른 의도를 읽어내기 시작했다. 즉 자신의 문제적인 전기를 지우고 오직 순수한 비평적 저자로서 남고자 한 욕망을 말이다. 이론적 논리로 무장된 텍스트의 배후에 있는 저자의 사적인 욕망의 흔적을 발견한 독자들에게 텍스트는 전혀 다른 모습으로 나타난다(Burke 2008, 2).[28]

물론 저자 개개인에 대한 역량 판단에서 무엇보다도 큰 비중

---

28) 이 경우에 저자 인지가 사후적으로 일어난 것이 아닌가 하는 의문을 제기할 수 있다. 그러나 독전 저자 인지에서 중요한 것은 저자의 역량에 대한 정보가 텍스트 자체의 읽기를 통해서가 아니라 텍스트 외부에서 온 것이라는 점이다. 폴드 만의 죽음 이후에 나치 부역 활동이 드러남으로써 독자는 이미 읽었던 텍스트를 다시 읽어보게 된다. 텍스트 외부의 정보로부터 구성되는 저자의 역량에 대한 인식은 그런 의미에서 언제나 읽기 이전에, 즉 텍스트에 앞서서 작용한다.

을 차지하는 것은 저자로서의 이력, 즉 그가 이전에 생산해온 텍스트들의 총합이다. 독자들이 가지는 저자 역량에 대한 인식의 상당 부분이 이전 저작의 독서에서 온다. 독서는 그 텍스트들 속에 전제된 주체적 역량에 대한 판단을 낳고 그 판단이 새로 읽게 될 텍스트에 영향을 미치는 것이다. 여기서 저자 인지가 저자와 텍스트의 관계에 작용하는 제2의 가능성이 나타난다. 새로 읽는 텍스트에 대해 독전 저자 인지로 작용하는 저자 역량에 대한 평가는 이전 텍스트와의 관계에서는 독서 이후에 형성된 것이다. 우리는 책을 읽고 책에 대한 가치판단을 내린 뒤에, 그러한 책을 창조한 주체로서 일정한 역량을 갖춘 저자를 구성한다. 그것이 가상 저자다. 그런데 가상 저자가 단순히 책의 내포 저자로 남지 않고, 어떤 저자의 이름과 연결되는 순간, 우리는 가상 저자의 역량을 바로 그 이름이 지시하는 인간에게 귀속시킨다. 즉 독서 끝에 형성된 가상 저자를 책을 실제로 쓴 저자와 등치하는 것, 더 쉽게 말해서 독서를 마친 후에 '이 사람이 이런 책을 쓴 사람이구나'라고 판단하는 것을 독후 저자 인지라고 부를 수 있겠다. 독후 저자 인지는 독전 저자 인지와는 반대 방향으로, 즉 저자에서 텍스트로가 아니라 텍스트에서 저자로 효과를 발휘한다.[29]

하나의 텍스트에서 독후 저자 인지의 효과로 형성된 저자의

29) 독후 저자 인지 효과의 특수한 예는 다른 사람의 독서에서 오는 영향이다. 예를 들어 책은 여러 사람의 독서를 거치면서 그 책 저자의 역량에 대한 일정한 사회적 평판을 만들어내기 마련인데, 이는 집단적 독후 저자 인지로서, 그렇게 형성된 저자 역량에 대한 평가는 그 책을 읽지 않은 독자에게도 영향을 미친다.

역량에 대한 평가는 독전 저자 인지의 메커니즘을 통해 같은 저자의 다른 텍스트를 읽는 데 영향을 준다. 이는 다음과 같은 도식으로 나타낼 수 있다.

텍스트 A 읽기 → 독후 저자 인지 → 저자 W의 역량 → 독전 저자 인지 → 텍스트 B 읽기

〈도식 1〉

　　텍스트 A의 내용은 독후 저자 인지를 통해 저자 W의 역량에 대한 평가로 변환되고, 이 평가는 다음에 텍스트 B를 읽는 데 영향을 준다. 첫 독서에서 텍스트 A가 긍정적으로 평가되면 이에 상응하여 저자의 역량도 긍정적으로 평가된다. 그렇게 긍정적으로 평가된 저자의 역량은 텍스트 B를 읽을 때 긍정적인 영향을 미친다. 독후 저자 인지가 텍스트의 가치를 저자에게로 전이시킨다면, 독전 저자 인지에서는 저자의 가치가 다시 텍스트에 전이된다. 이처럼 독전 저자 인지와 독후 저자 인지가 함께 작용하면서 결과적으로는 텍스트 A의 가치가 텍스트 B의 가치로 전이된다. 이처럼 텍스트 A와 텍스트 B 사이에 상호텍스트적 관계가 성립하는데 이 관계를 매개하는 것은 저자 W다. 저자 W라는 텍스트 외부 세계의 존재가 텍스트들 사이의 상호 관계를 만들어낸다. 이러한 상호텍

스트적 과정은 상호텍스트성이라는 개념이 암시하는 것처럼 순수하게 텍스트 차원에서, 텍스트들끼리 일어나는 현상이 아니다. 텍스트들의 연결은 오직 텍스트 외부에 있는 주체의 동일성을 통해 보장된다.

저자를 매개로 하는 상호텍스트적 가치 전이 현상은 예컨대 중세의 학자가 자신의 글의 원천을 어떤 권위 있는 고대의 저자에게 돌릴 때에도 나타난다. 그 권위 있는 저자의 후광을 입은 글은 바로 그 저자의 다른 권위 있는 텍스트와 상호텍스트적 관계 속에 들어간다. 『웨이벌리』의 사례에서도 흥미로운 상호텍스트성의 문제를 발견할 수 있다. 월터 스콧은 『웨이벌리』를 익명으로 출간함으로써 다소 격이 떨어지고 점잖지 못한 작품의 저자가 되는 가능성을 차단한다. 독후 저자 인지의 효과("이런 소설을 쓴 이가 월터 스콧 경이라니!")를 고려한 것이다. 『웨이벌리』의 저자로 인지되는 것은 스콧이 지금까지 쌓아올린 시인으로서의 명성에 해가 될 뿐이다. 그런데 『웨이벌리』의 익명 출간은 작품과 작가 개인의 관계를 부정하고 시인 월터 스콧과 소설 저자 사이의 관계를 부정한 것일 뿐만 아니라 스콧이 쓴 '고급한' 시와 '저급한' 소설 사이에 상호텍스트적 관계가 형성되지 못하게 막은 조치이기도 했다. 이는 하나의 텍스트를 더 높은 가치를 이미 인정받은 다른 텍스트와 연결시키려 하는 중세 학자의 전략과 반대되는 것처럼 보인다. 스콧이 상호텍스트적 관계 형성을 막은 것은 두 텍스트가 서로 이질적이고 둘 사이에 이미 당대의 담론 질서에서 가치의 격차가 크게 벌어져 있었기 때문이다. 이런 경우에는 가치가 높은 텍스트에서 낮은 텍스트로 가치 전이가 이루어지기를 기대하기는 어렵고, 오히려 반대로 낮은 가치의 텍스트가 높은 가치의 텍스트에 손상을 가져올 위험이 있다.

『웨이벌리』와 관련하여 상호텍스트성의 문제를 보여주는 또 하나의 흥미로운 일화가 있다. 이 작품이 상업적으로 성공한 이후 월터 스콧은 일련의 후속 역사소설을 발표한다. 그는 물론 여기서도 자신이 저자임을 밝히지는 않았지만, 그래도 첫 작품의 출간 때와는 상황이 달라진다. 그의 두 번째 역사소설 『가이 매너링』부터는 적어도 "『웨이벌리』의 저자 씀"이라는 저자 표기가 이루어지기 때문이다. 이것이 『웨이벌리』 이후 스콧이 자신의 역사소설에 사용한 일종의 저자명이었다. 스콧은 『웨이벌리』를 자신의 명예에 어울리지 않는 작품이라고 생각했지만, 이 작품은 상업적 성공으로 인해 대중적 인기라는 면에서 상당한 가치를 축적하며, 이와 함께 익명으로 남아 있는 『웨이벌리』의 저자의 가치도 높아진다. 따라서 "『웨이벌리』의 저자 씀"이라는 저자 표기 문구는 새로운 작품도 『웨이벌리』를 생산한 작가의 역량이 투입된 만큼 『웨이벌리』처럼 흥미진진한 소설임을 암시하며, 기존 작품의 검증된 가치를 새로운 작품에 이전하는 역할을 한다. "웨이벌리의 저자"라는 이름 아닌 이름은 저자를 현실에 존재하는 어떤 개인으로 특정하지 않으면서도 작품과 작품 사이에 상호텍스트적 관계를 수립하는 매개자로서의 기능을 충분히 수행한다. 그러나 그 이름 역시 텍스트 바깥에 있는 어떤 존재를 지시한다는 점에서는 다른 고유명사와 다름이 없다. 『웨이벌리』의 저자라는 이름을 보고 책을 구입하는 독자는 『웨이벌리』를 쓴 바로 그 사람이 『가이 매너링』을 썼다는 믿음에 이끌리는 것이기 때문이다. 『웨이벌리』가 익명의 작품으로써 단독적으로 고립된 작품으로 남아 있을 때 그 텍스트가 환기한 저자의 역량, 저자로서의 가치는 텍스트 외부에 투사되지 못한다. 독자는 미지수 X를 상정하고 그 X에 『웨이벌리』를 쓰는 데 요구된다고 여겨지는 주체적 역량을 귀속시킨다. 다시 말해서 역량을 귀속시킬 어떤 지점이 있으리라고 생각하지만 그 특정한 지점을 찾을 수 없는 상태이다. 그러나 다음 작품에서 그 익명의 존재가 "『웨이벌리』의 저자"라는 이름을 얻게 되면서 사정은 달라진다. 독자는 이제 『가이 매너링』을 읽고 거기서 구성된 저자의 역량을 귀속시킬 특정한 지점을 갖게 된다. 『웨이벌리』의 저자가 그 사람이다. 『웨이벌리』의 저자는 『가이 매너링』의 저자이고 역으로 『가이 매너링』의 저자는 『웨이벌리』의 저자이다.[30]

30) 러셀은 「지시에 관하여 On Denoting」에서 지시 이론의 난제 가운데 하나로 다음과 같은 문제를 제시한다. 조지 4세가 스콧이 웨이벌리의 저자인지 알고 싶어 한다고 하자. 그런데 '스콧은 웨이벌리의 저자다'라는 명제가 참이라면 '조지 4세는 스콧이 웨이벌리의 저자인지 알고 싶어 한다'라는 명제는 '조지 4세는 스콧이 스콧인지 알고 싶어 한다'라는 명제로 대체될 수 있는가? (Russell 1905, 485). 푸코가 저자의 이름이 다른 고유명사와 달리 그가 쓴 저작 목록으로 정의될 수 있다고 말했을 때 아마도 러셀 논문의 이 대목을 생각했을 것 같다. 반면 러셀이 논문에서 이 예를 든 이유는 '웨이벌리의 저자'가 기술어구의 형태를 취하면서도 스콧이 이를 거의 지시적인 고유명사처럼 사용했기 때문일 것이다.

지금까지의 고찰은 독서를 통한 저자 구성과 저자 인지 사이의 상호 작용이 가지는 변증법적 성격을 인식하게 해준다. 한편으로 텍스트의 독해를 통해 일정한 역량의 주체로 구성된 가상 저자는 독후 저자 인지를 통해 텍스트 너머에 있는 실제 저자와 동일시되며 이 과정에서 텍스트의 가치가 인지된 실제 저자에게 전이된다. 여기서 저자는 텍스트에서 오는 가치의 수용체로서 기능한다. 다른 한편으로 실제 저자는 이미 텍스트의 독해 이전에 일정한 가치를 담지하고 있는 주체이며, 그 가치를 독전 저자 인지 메커니즘에 따라 텍스트에 부여한다. 이러한 저자의 역할을 가치 수여자로서의 기능이라고 할 수 있다. 저자는 텍스트에 가치를 주면서 결국 이로부터 일정한 가치를 받는다. 이 과정은 변증법적이다. 저자에게서 나온 최초의 가치는 텍스트의 가치로 변환되고 다시 그것을 밑거름으로 하여 텍스트가 구현한 가치가 저자의 가치로 귀환하는데, 저자가 텍스트에서 돌려받는 가치는 자신이 최초에 텍스트에 부여한 가치와 관련되지만 그것과 동일하지는 않다. 최종적으로 저자에게 부여되는 가치는 새로운 텍스트가 가진 내실만큼 발전하거나 변화한 가치다. 물론 독자는 새로운 텍스트에서 이미 알고 있는 저자의 역량을 확인하는 데 그칠 수도 있다. 그러나 독자는 헨리 필딩의 독자 웨인 부스처럼 이전에 알지 못하던 저자의 면모를 보고 놀랄 수도 있으며, 지금까지의 저자의 역량에 대한 생각을 획기적으로 재조정할 수도 있다. 물론 극도의 실망으로 저자에 대한 평가 자체가 부정적으로 바뀌는 경우도 흔히 나타난다. 이 과정은 다시 다음과 같이 도식화할 수 있을 것이다.

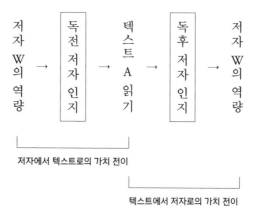

저자에서 텍스트로의 가치 전이

텍스트에서 저자로의 가치 전이

〈도식 2〉

〈도식 1〉이 동일 저자의 상이한 텍스트 사이의 관계를 부각시킨다면 〈도식 2〉는 하나의 텍스트 독해를 전후로 저자의 역량에 대한 평가가 변화하는 과정을 포착하게 해준다.

움베르토 에코가 지적한 근대인과 중세인의 차이 역시 저자와 텍스트의 변증법적 상호 관계라는 틀 속에서 생각해볼 수 있다. 자신의 말을 고대의 권위적인 저자에게 의탁하려는 중세인의 태도는 텍스트에 대한 저자의 규정력이 저자에 대한 텍스트의 규정력보다 더 강력하게 작용하는 문화적 환경에서 연유한다. 이러한 환경에서는 독후 저자 인지를 통한 텍스트에서 저자로의 가치 전이가 어려운 까닭에 무명의 저자가 텍스트의 힘으로 권위적인 저자로 도약하는 일이 잘 일어나지 않는다. 반면 이미 권위를 가지고 있는 저자의 말은 독전 저자인지의 메커니즘을 통해서 절대적 영향력을 발휘한다. 독전 저자 인지의 효과가 독후 저자 인지를 능가함에 따라 가치 전이는 거의 일방적으로 저자에서 텍스트의 방향으로 일어난다. 권위 있는 저자가 텍스트를 권위 있게 만들 뿐이다. 변증법은 사라진다. 그것은 정적이고 보수적인 권위의 문화다.

　　반면 근대는 저자와 텍스트 사이의 변증법적 관계를 활성화한다. 물론 이미 권위에 도달한 저자의 텍스트가 그렇지 않은 저자보다 더 무게 있게 받아들여지는 것은 근대에서도 다름이 없다. 그러나 근대에서는 아무런 권위도 지니지 못하던 저자가 텍스트의 힘으로 권위 있는 저자의 반열에 올라갈 수 있는 가능성이 그 어느시대보다 더 크게 열려 있다. 권위는 저자와 텍스트 사이의 교호작용 속에서 역동적으로 변화해간다. 이런 문화적 환경은 글을 써서 명망을 얻고자 하는 젊은이의 야심을 충동질한다. 그러나 근대에도 권위에 대한 개방성은 결코 전면적이지 않다. 무에서 시작해서 텍스트 자체의 힘으로 권위적 저자로 가는 길은 국지적으로는 여전히 거의 막혀 있다. 적어도 19세기까지 여성 저자들이 겪었던 어려움이나, 비서양권의 소수 언어의 저자들에 대한 저평가 등을 생각해보라. 문화적으로 변방의 위치에 있는 저자들은 위대한 고대 저자의 위세에 눌려 있던 중세인과 유사한 처지에 놓여 있으며, 자신의 목소리를 내기 위해 다른 이의 이름을 빌리거나 권위 있는 중심부 저자의 말에 의탁하거나 할 수밖에 없는 형편이다.

저자 인지의 개념은 텍스트 외부의 실제 저자가 특정되는 경우와 그렇지 않은 경우 텍스트의 의미가 어떻게 달라질 수 있는지를 잘 보여준다. 익명적 텍스트에서 실제 저자의 자리가 비어 있는 괄호로 남기에 독전 저자 인지가 일어나지 못한다. 즉 저자에서 텍스트로의 가치 전이가 일체 일어나지 않는다. 독서 이전에 저자는 무이기 때문이다. 독자는 텍스트를 읽은 뒤에 자연스럽게 일정한 역량을 가진 저자를 구성하지만 그 저자에게 이름을 붙일 수가 없다. 따라서 독후 저자 인지 역시 일어나지 않는다. 저자로서의 가치가 귀속되는 것은 미지수 X일 뿐이다. 미지수 X는 텍스트에 어떤 가치도 주지 못하고, 다만 텍스트에서 가치를 전이 받는 수용체로 머문다. 또한 미지수 X로 남는 익명의 저자는 오직 한 텍스트의 저자일 뿐이어서 다양한 텍스트 간의 상호 관계를 수립하는 매개점이 되지도 못하고, 독서 이전에 어떤 이미지도 가지지 않기 때문에 독서 이후에 새롭게 변모하고 발전한다고 말할 수도 없다. 요컨대 텍스트 외부의 실제 저자를 인지할 때 일어나는 저자와 텍스트 사이의 변증법적 상호작용은 익명적 텍스트에서 일체 중단된다.

5) 저자 인지와 저자의 욕망: 명성의 사회학

저자 인지의 중요성은 여기서 그치지 않는다. 저자 인지는 저자와 텍스트에 관심을 가지는 독자만의 문제가 아니다. 그 누구보다도 실제 저자 자신이 저자 인지에 많은 이해관계를 가지고 관심을 기울인다. 우리는 앞에서 텍스트가 환기하는 가상 저자의 환영적, 허구적 성격에 대해 언급한 바 있다. 이미 상세히 논의한 바와 같이 텍스트를 읽으며 독자가 떠올리는 주체의 이미지, 일정한 역량을 갖춘 저자의 이미지는 결코 실제 저자와 그대로 동일시될 수 없는 허구성을 지닌다. 그럼에도 불구하고 독자는 그러한 동일시의 유혹에 빠진다. 누가 독자를 유혹하는가? 유혹은 저자에게서 온다. 텍스트를 통해 독자가 구성할 저자와 실제 저자의 동일시를 그 누구보다 바라는 것은 텍스트에 자신의 이름을 기입한 저자 자신이다(그것을 바라지 않을 때 익명화가 일어난다). 저자는 텍스트를 생산하는 자일뿐만 아니라 텍스트를 통해서 자신의 제2의 인격을 창조하는 자이기도 하다. 그는 독자가 텍스트에 담긴 전언을 수용하기를 바라는 동시에, 그런 텍스트를 생산하는 역량의 주체로서 독자에게서 인정받고자 한다. 그는 이중의 의도, 이중의 욕망을 가진 주체다. 어떤 저자의 경우에는 텍스트의 전언을 전하려는 욕망보다도 텍스트가 환기하는 가상 저자로서의 역량, 가상 저자로서의 인격을 고스란히 자신의 것으로 인정받음으로써 자아에 대한 강화된 감정을 얻으려는 2차적 욕망이 텍스트 생산에서 더 강력한 동인으로 작용할 수도 있다. 독자는 텍스트를 읽을 뿐만 아니라 텍스트를 통해 저자를 읽는다. 그런데 문제는 독자가 읽는 저자가 텍스트처럼 읽히기만 하는 대상이 아니라 자신이 읽히는 것을 의식하고 어떤 방식으로 읽히기를 바라는 주체이며, 이러한 은밀한 동기에 따라 텍스트를 생산하고 자신의 제2의 인격을 연출하는 주체라는 사실에 있다.[31] 텍스트가 환기하는 순수한 문학적 주체로서의 저자, 순수한 철학적(이론적) 주체로서의 저자가 허구적인 것은 그것이 대체로 저자의 역량을 실제보다 과대 포장하거나 실제 인간이 가진 무한한 복합성을 사상한 이념적 구성물이기 때문이기도 하지만, 바로 그러한 이념적 구성물의 생산과 전파에 개입되는 실제 저자의 욕망을 지워버리기 때문이기도 하다. 저자 읽기는 그 욕망의 층으로까지 나아가지 않으면 안 된다. 그러한 읽기 시도는 글쓰기를 일종의 사회적 자아를 구성하기 위한 시도라고 본다는 점에서 저자의 사회학, 혹은 명성의 사회학이라고 불려도 좋을 것이다.

---

31) 특히 문학적 저자, 즉 작가의 자기 연출은 오늘날 저자 연구의 중요한 주제의 하나다. 일반적으로 자기 연출(Selbstinszenierung)을 연구한다고 하면 대부분 저자가 공적으로 자신의 모습을 드러내는 방식, 작품 이외의 다른 매체를 통한 발언 같은 것을 대상으로 한다(예를 들면 부르디외의 사회학적 범주들을 이용하여 작가들의 자기 연출 분석을 시도하는 Carolin Jonn-Wenndorf 2014). 그러나 이 책에서는 저자의 자기 연출이 글쓰기 자체에서, 텍스트 내재적으로 이미 시작되고 있다고 본다.

4. 보론: 서사문학과 익명주의의 문제

1) 서사문학의 특수성

지금까지 일반적인 의미에서 저자의 문제를 살펴보았는데, 이 장에서는 서사문학이라는 특수한 장르에서 제기되는 저자의 문제를 분석해보려 한다. 여기서 서사문학이란 이야기하는 문학, 혹은 이야기를 이야기하는storytelling 문학이다. 좀 더 정확히 표현한다면, 인과적으로 연결된 행위와 사건(이야기)을 말이나 글로 서술하는(이야기하는) 문학이 서사문학이다. 서사문학의 윤곽은 두 가지 인접 장르와의 대비를 통해 더 뚜렷해질 수 있다. 역사서 역시 어느 정도는 이야기하는 장르에 속한다고 할 수 있다. 그러나 문학은 아니다. 서사문학에서 서술되는 이야기는 실제 일어난 일들에 대한 보고가 아니라 허구적 이야기다. 극문학 역시 허구적 이야기를 대상으로 한다. 그러나 극문학은 서사문학과 달리 이야기하지 않는다. 이야기를 모방적으로 재현할 뿐이다. 오늘날에는 매체의 다변화와 함께 이야기하기telling의 의미를 확대하여 연극적, 영화적 재현까지 이야기하기에 포함시키는 경향이 있지만[32] 여기서는 본래 의미의 이야기하기, 즉 이야기꾼과 같은 진술 주체에 의한 서술과 모방적 재현을 통해 이야기를 환기하는 양식을 구별하고, 논의를 전자에 국한할 것이다. 서사문학이 이야기를 이야기하는 문학이라고 정의한 것은 그런 의미에서다.

서사문학, 즉 화자를 통해 전달되는 허구적 이야기에서는 저자 이론의 면에서 일반적인 텍스트 소통의 환경에서 인식되지 못하는 특수한 문제가 나타난다. 일반적인 텍스트 소통에서 텍스트의 진술 주체를 그대로 저자로 간주할 수 있는 데 반해, 서사문학에서는 이야기하는 화자와 문학작품의 저자를 동일시하기 어렵다는 데서 복잡한 이론적 문제들이 생겨난다.

2) 서사문학의 발생론

인간은 이야기하는 능력을 통해 이미 지나간 사건을 재현하고 이로써 그 사건을 직접 경험하지 못한 사람에게도 사건의 경과

---

32) 예를 들어서 이야기하기(Erzählen)에 대한 최소한의 정의가 사건의 재현 (Geschehensdarstellung)이라고 보는 마티아스 마르티네즈의 입장이 그러하다(Martínez 2017, 2-6).

를 전달할 수 있다. 상당히 긴 시간에 걸쳐 일어난 복합적인 사건의 연관 관계도 한 편의 이야기 속에 잘 이해하고 기억할 수 있는 의미 있는 형태로 정리될 뿐만 아니라 그 사건을 직접 경험하지 못한 사람들도 이야기를 통해 간접적으로 삶을 위한 교훈을 얻을 수 있다. 이야기 속에 저장된 중요한 경험들은 앞으로 어떤 일이 일어날지 예측하고 그런 상황에서 어떻게 대처해야 할지 판단하는 데 결정적 도움을 준다. 인간이 이야기를 할 수 있게 되면서 공동체의 기억, 사회적 기억은 새로운 차원으로 확장된다. 이야기를 주고받는 가운데 인간 공동체는 집단적으로 협력하면서 현실에 효과적으로 대처할 수 있게 된다. 이야기할 수 있다는 것, 이야기를 듣고 이해하고 기억할 수 있다는 것은 인간이 사회적 존재가 되기 위해 발전시킨 아주 중요한 능력이다.[33]

그런데 어떤 종이 번식을 통해 개체를 늘리고 번성하는 것이 단순히 생식 능력만으로는 부족하고 각각의 개체가 강력한 성욕을 통해 생식 능력을 발휘하도록 추동되어야 하듯이, 이야기를 통해 의미 있는 기억이 생성-보존-확산되기 위해서도 이야기를 하고 들을 수 있는 능력 외에 이야기를 하고 듣는 데서 즐거

[33] 진화론적 입장에서 이야기의 의미를 설명하는 브라이언 보이드는 인간이 사회적 종으로서 이야기에서 큰 이점을 얻는다고 주장한다. "이야기는 협력하는 집단에게 특히 큰 도움을 준다. 구성원들에게 서로의 행동을 알려주기 때문이다. 이렇게 친사회적 가치를 확산한다는 점에서 이야기는 화자와 청자에게 모두 이익이다. 이야기는 다양한 관점에서 바라보는 능력을 키운다. 이 능력은 협력의 진화와 정신적 유연성의 성장을 모태로 하는 동시에 그것을 지원하기도 한다"(보이드 2013, 252).

움을 느끼고 그 즐거움을 맛보고자 하는 강렬한 이야기 욕망이 작용해야 한다. 사람들은 이야기를 하고 이해할 수 있을 뿐만 아니라, 이야기하기를 좋아하고, 이야기 듣기를 즐긴다. 인간은 성적 충동만큼이나 강력한 이야기 충동을 가지고 있다. 놀라운 것, 신기한 것일수록 더 이야기하고 싶어 하고, 더 즐겁게 듣는다. 놀랍고 신기하다는 것은 그만큼 정보적인 가치가 크다는 뜻이다. 인간은 정보 가치가 큰 것, 이야기할 필요성이 큰 것에 대해 더 이야기하고 싶어 하도록 진화해왔다. 그래서 그런 이야기를 하지 못하게 하면 대나무 숲에라도 대고 소리쳐야 한다.

생의 필요성과 욕망(쾌락) 사이에는 이처럼 밀접한 관계가 있지만, 이 관계에는 쉽게 균열이 일어난다. 그래서 필요와 쾌락은 오히려 상충하는 것처럼 보이기도 한다. 몸에 좋은 것은 입에 쓰다는 말이 있을 정도. 사실 당을 보충하는 것이 생명 활동에 절대적으로 중요하기 때문에 우리는 단 것을 향해 강한 충동을 느끼는 것이지만, 그 저항할 수 없는 매혹은 당의 보충이 필요 없고 오히려 당 섭취가 몸에 해가 될 때도 계속 작용한다. 인간은 번식이라는 실제적 효과와 전혀 관계없이, 아이를 가져서는 안 되는 상황에서도, 성적 쾌락 자체에 대한 기대에서 성 행동에 나선다. 이야기도 마찬가지다. 이야기에 대한 충동은 이야기를 통해 나눌 경험이 없는 상황에서도 사람들로 하여금 이야기를 지어내고, 그렇게 지어낸 이야기를 기꺼이 듣게 만든다. 이야기의 즐거움은 이야기가 전해주는 정보의 현실적 가치에서 독립해 있기 때문이다. 여기에서 경험의 공유와 정보 전달이라는 이야기의 실제적 기능과 이야기 쾌락 사이에 균열의 가능성이 생겨난다. 과거의 일을 마치 눈앞에서 벌어지는 것처럼 듣는 사람의 머릿속에 떠오르게 할 수 있는 이야기의 기술은 애초에 일어나지도 않은 일을 만들어내는 기술로 전용될 가능성이 있다. 이야기 욕망은 인간으로 하여금 이야기하기에 그치지 않고 이야기 지어내기의 방향으로 나아가도록 부추긴다. 전해야 할 사태가 있어서 이야기하는 것이 아니라, 이야기하고 듣는 것이 즐거우니까 이야기할 수 있는 '사태'를 만들어내는 것이다. 이야기는 본래의 실용적 기능에서 자립하여 마치 그 자체가 목적인 것처럼 생산되고 유통된다.[34]

34) 브라이언 보이드는 허구적 이야기에 대한 강력한 선호도 진화적 적응의 관점에서 설명한다. 허구는 인간의 정신적 유연성을 확대하고 현실에 더 잘 적응할 수 있게 해준다. "픽션은 우리가 행위자와 행동에 매료되는 것을 이용하여 우리에게 당면한 현실을 넘어 자유로이 성찰하도록 해주며, 우리의 정신으로 방대하고 풍부한 가능성의 세계 속에서 사물을 고찰하도록 해준다"(보이드 2013, 282). 그러나 허구에 대한 탐닉이 이렇게 순기능만 있는 것은 아니다. 새로 등장한 인쇄술에 힘입어 대중적 인기를 구가하는 기사소설에 대한 세르반테스의 비판에서 텔레비전이 유포하는 가상현실의 악영향에 대한 20세기의 문화 비판에 이르기까지 재미만을 추구하는 허구적 이야기가 현실의 중요한 문제를 망각하게 만든다는 문제의식은 오랜 역사를 자랑한다. 재미있는 이야기에 정신을 파는 대중에 대한 비판은 이솝우화에서도 찾아볼 수 있다. 데모스테네스가 연설을 하고 있었는데, 청중들은 귀 기울여 듣지 않고 웅성거리며 딴청을 피웠다. 데모스테네스는 연설을 중단하고서 몇 마디만 할 테니 잠시만 조용히 해달라고 요청한 뒤에, 다음과 같은 이야기를 시작했다. "한 젊은이가 아테네에서 메가라로 가기 위해 당나귀를 빌렸다. 한낮이 되자 당나귀 몰이꾼과 청년은 모두 당나귀의 그늘에서 쉬고 싶어 했으나 자리가 부족했다. 청년은 자신이 당나귀를 빌렸으니 당나귀 그림자에 대한 권리도 자기에게 있다고 했고, 당나귀 몰이꾼은 자기는 당나귀를 빌려주었을 뿐 그림

3) 서사문학과 저자의 딜레마

이야기 욕망은 실제로 일어나지 않은 일까지도 지어내서 이야기하게 하는 동인이 되지만, 이야기가 그 효과를 십분 발휘하기 위해서는 청자에게 그 사건이 정말 일어난 것이라는 실감을 제공하지 않으면 안 된다. 청자가 어떤 놀라운 일에 관한 이야기를 들으면서 그것이 단순히 놀라운 감정을 불러일으키려는 의도에서 지어진 것일 뿐이라고 생각한다면, 이야기의 효과는 반감될 것이다. 즐거움을 유발하기 위해 이야기를 지어내는 사람은 청자에게 그 이야기가 진짜 일어난 일이라고 진지하게 믿게 하는 데 목적을 두어서는 안 되겠지만, 그렇다고 이야기가 지어진 허구임을 너무 강조해서도 안 될 것이다. 청자가 이야기의 즐거움을 방해받지 않으려면, 잠시나마 이야기가 펼쳐 보이는 가상의 세계에 침잠하고 그것을 일종의 현실처럼 받아들일 수 있는 조건이 갖추어져야 한다.

요컨대, 이야기를 향한 욕망이 이야기를 지어내게 한다면, 그 욕망이 제대로 충족되기 위해서는 역설적이게도 이야기가 지어진 것이라는 의식이 가능한 한 억압되어야 한다. 허구적 이야기의 이

자까지 빌려준 것은 아니었다고 우겼다." 데모스테네스는 여기서 이야기를 중단하고 단상에서 내려왔다. 사람들은 자리를 떠나려 하는 연설가를 붙잡고 그림자가 누구의 차지가 되었는지 물었다. 데모스테네스는 이렇게 대꾸했다. "당신들은 우리 도시의 중요한 문제에 대해서는 들으려 하지 않더니 당나귀 그림자가 어떻게 됐는지는 궁금해하는군요"(Äsops Fabeln 2005, 263).

러한 이중적 요구는 현대사회의 민간 구전 서사문학 장르라 할 수 있는 '도시 전설urban legend'의 형식에서도 확인된다. 도시 전설은 흔히 '친구의 친구friend of a friend'가 겪거나 본 일이라는 서두와 함께 시작된다. 도시 전설은 짧은 공포담이나 범죄 이야기로서 가벼운 흥밋거리로 지어지는 것이지만, '친구의 친구'를 이야기의 당사자나 목격자로 내세움으로써 이야기에 진실성의 기운을 살짝 불어넣는다. 그러나 그 진실성의 기운은 이야기를 즐기는 데 방해가 되지 않을 정도의 실감을 만들어내는 역할을 할 뿐, 진지한 확인과 검증의 필요성을 제기하는 진리 주장과는 거리가 멀다. 이는 이야기의 진실성에 대한 책임이 이야기하는 사람과 한 다리 건너 관계에 있다고 주장되는 불특정한 인물에게 전가된다는 사실에서 잘 드러난다. 도시 전설의 청자는 친구의 친구에게서 건너건너 전해져왔다는 이야기에 대해 이야기하는 사람을 상대로 더 자세히 따져 물을 수도 없고, 이야기의 진실성 여부를 확인해볼 수도 없다. "친구의 친구"는 이야기를 즐길 만하게 해주는 실감의 보증인인 동시에, 이야기의 요점이 진실성을 따지는 데 있는 것이 아니라는 암시를 제공한다. 청자에게 이야기가 지어진 것임을 넌지시 알리면서도 그것을 일종의 실화처럼 받아들이도록 유도하는 장치, 그것이 "친구의 친구"라는 추상적인 증인의 기능이다. 이처럼 청자의 흥미를 불러일으키기 위해 이야기를 지어내면서도 그 지어냄에 대한 의식을 지워야 한다는 딜레마가 어정쩡한 타협물로서 증언하지 않는 증인, 소환할 수 없는

증인을 만들어내는 것이다.[35]

　그런데 이처럼 이야기를 다소 애매하게나마 실화로 내세우는 것은 이야기의 지은이, 이야기를 지은 저자가 사라지게 하는 결과를 낳는다. 허구적 이야기의 저자는 역사서의 저자와 다르다. 역사서의 저자는 역사를 만들어내지 않고 역사에 관해 말할 뿐이다. 역사에 관한 서술의 주체가 곧 역사서의 저자이다. 반면 허구적 이야기에서는 인물과 행동과 사건을 만들어내는 사람, 즉 이야기를 지어내는 사람이 저자가 된다. 서사문학은 이야기를 지어낸 사람이 그것을 직접 이야기하는 데서 시작되었다. 이때 이야기 짓기와 이야기하기는 거의 구별되지 않는다. 이야기하는 말이 곧 이야기 짓기의 매체이기 때문이다. 서사문학의 저자는 이야기함으로써 이야기를 짓는다. 역사가가 존재하는 세계에 관해 이야기한다면, 서사문학의 저자는 이야기함으로써 세계를 만들어낸다. 이야기 짓기와 이야기하기의 차이는 누군가가 다른 사람이 지은 이야기를 듣고 이를 다시 이야기할 때 비로소 선명히 드러난다. 두 번째 이야기꾼은 이야기를 짓지 않고 이야기할 뿐이다. 둘 가운데 최초의 이야기꾼만이 이야기의 저자라고 할 수 있다. 한편에 이야기를 지어내서 들려주는 이야기의 저자가 있고, 다른 한편에 이미 있는 이야기를 다시 하는 단순한 이야기꾼이 있다.

---

35) 도시 전설을 이야기하고 듣는 화자와 청자가 이야기의 진실성 문제에 대해 취하는 애매한 태도에 대하여 더 자세한 논의는 Martínez 2005, 56-58을 참조할 것.

역사가는 이야기를 짓는 저자와도, 단순한 이야기꾼과도 구별된다. 그는 자신이 겪은 일이나, 다른 사람의 일에 관한 자료를 바탕으로 하나의 이야기를 구성하여 이야기하는 자(이를테면 역사서의 저자)로서, 사실적 이야기의 저자라는 범주에 포함시킬 수 있다. 이러한 주체는 다른 사람에게서 들은 이야기를 다시 하는 단순한 이야기꾼보다는 강한 의미의 저자성을 지니지만, 이야기를 지어내는 허구적 이야기의 저자처럼 이야기를 짓는 주체는 아니다.

단순한 이야기꾼은 지어진 이야기든, 사실적 이야기든, 이미 있는 이야기를 다시 하는 주체로서, 허구적 이야기와 사실적 이야기의 영역 모두에서 나타날 수 있다. 다만 사실적 이야기의 영역에서 첫 번째 저자와 그의 이야기를 옮기는 단순한 이야기꾼 사이의 차이는 허구적 이야기를 창조하는 저자와 그것을 옮기는 단순한 이야기꾼 사이의 차이만큼 근본적이지는 않다. 궁극적으로 현실에 일어난 일을 옮긴다는 점에서 이야기의 두 주체는 다르지 않기 때문이다.

그런데 서사문학에서 이야기를 지어내는 저자로서의 역할이 이야기하는 역할, 즉 지어낸 이야기를 전달하는 역할보다 더 근본적이고 중요한 것은 사실이지만, 위에서 말한 것처럼 이야기를 실감 나게 전달하는 것과 이야기가 지어진 것임을 명시하는 것은 상호 모순적이기 때문에, 이야기의 저자는 자신의 진정한 역할을 전면에 드러내지 못한다. 그렇기 때문에 허구적 이야기의 저자는 이야기하면서 사실적 이야기의 저자로 행세하든지, 아니면 누군가에게서 들은 사실적 이야기를 전하는 단순한 이야기꾼인 척하든지 두 가지 가능성 가운데 하나를 택해야 하고, 대체로 사실적 이야기의 저자보다는 진실성에 대한 보증 책임이 완화되는 단순한 이야기꾼의 역할을 맡으려는 경향을 보인다. 바로 그것이 도시 전설의 메커니즘이다. 도시 전설은 실제로 누군가가 최초로 지어내어 사람들의 입에서 입으로 전해지는 것이지만, 최초의 저자도 그것을 '친구의 친구'에게서 들은 것이라고 둘러댈 수밖에 없으므로 표면적으로는 최초로 그 이야기를 하는 저자와 두 번째, 세 번째로 이야기를 전달하는 단순한 이야기꾼의 구별은 불가능해진다. 게다가 마르티네즈가 말하듯이 다른 사람에게서 들은 도시 전설을 옮기는 단순한 이야기꾼들도 이야기의 설정을 맥락에 맞게 변경하는 경향을 보인다(Martínez 2005, 56). 그들도 어느 정도는 저자인 것이다. 따라서 '친구의 친구'라는 가상의 증인은 도시 전설을 지어내면서 옮기는 모든 이들의 저자 자격을 부정하는 장치로 기능한다. 결국은 '친구의 친구'에게서 들은 이야기를 다시 하는 단순한 이야기꾼밖에 남지 않는다. 저자는 완벽하게 사라지고 지어진 이야기만 남는다.

지금까지의 고찰은 왜 서사문학이 오랫동안 저자 기능(푸코)이 없는 장르로 남아 있었는지, 왜 과거의 서사문학에서 저자가 저자로서의 자격을 스스로 부인하고 이에 따라 저자의 이름이 망각되는 경향이 두드러지게 나타나는지 짐작하게 해준다. "친구의 친구"와 유사한 현상은 서사문학의 전통에서 폭넓게 발견된다. 호메로스는 "들려주소서, 무사 여신이여"라는 외침으로 이야기를 시작함으로써 자신을 서사시의 저자가 아니라 무사 여신의 증언을 옮기는 전달자, 즉 단순한 이야기꾼의 위치에 놓는다. 서사시를 실제로 지어낸 인간 주체를 대신하는 무사 여신은 '친구의 친구'처럼 진실을 전하는 사실적 이야기의 저자인 동시에 직접 만날 수 없고 소환할 수 없는 막연한 증인이다. 신화적 저자가 전면에 내세워지는 대신 이 서사시를 실제로 지었을 인간 저자는 가려진다.

호메로스의 서사시는 문자화되어 전해지기는 하지만, 우리가 알고 있는 판본으로 완성되기까지는 오랜 구전 전승의 과정이 있었을 것으로 추정된다. "들려주소서, 무사 여신이여"라는 서두의 외침이 바로 서사시의 구전적 기원을 암시한다. 우리는 앞에서 최초로 이야기를 지어내는 저자와 그 이야기를 다시 하는 단순한 이야기꾼을 구별할 수 있음을 보았지만, 도시 전설에서도 확인할 수 있듯이 구전 상황에서 양자 사이의 경계선은 그렇게 명확하지 않다. 전승되는 이야기는 옮겨질 때마다 계속 변화한다. 전승에 참여하는 모든 이야기꾼이 어느 정도는 저자이기도 하다. 따라서 호메로스가 어느 정도까지 서사시의 저자라고 할 수 있는지, 어느 부분에서 단순한 이야기꾼의 역할에 머무는지는 누구도 정확히 말할 수 없다.

본격적인 문자 문명의 시대가 되면 문자를 통한 전승이 확산되고, 이에 따라 서사문학에서도 진실성의 외관을 갖추기 위해 신의 목소리 대신 과거의 문헌을 근거로 제시하는 경우가 생겨난다.

예컨대 중세 궁정소설의 창시자인 크레티엥 드 트루아는 『클리제스』 서두 부분에서 다음과 같이 말한다. "제가 여러분께 들려드리고자 하는 이야기는 보배Beauvais에 있는 성베드로대성당 도서관에 소장된 어느 책 안에 씌어 있었습니다. 이 이야기가 그 책에서 나온 것이라는 사실은 이야기의 진실성을 증명합니다"(Chrétien 1990, 87). 그가 정확한 책의 제목도, 저자의 이름도 밝히지 않고 막연하게 대성당 도서관의 어느 책이라고만 말하는 것을 보면, 권위 있는 옛날 책을 근거로 정말 진지하게 이야기의 진실성을 주장한 것이라기보다는 진실성의 분위기를 환기하면서도 자신의 말에 대한 책임을 마치 도시 전설의 '친구의 친구'처럼 불특정한 기원에 전가하는 서사문학 특유의 책략임을 알 수 있다. 크레티엥 드 트루아는 물론 과거의 전설적 소재에서 많은 것을 가져왔지만, 이를 바탕으로 새로운 인물과 이야기를 만들어낸 서사문학의 창작자이다. 그러나 그는 자신이 다른 책에 있는 기록을 다시 이야기할 뿐이라고 말함으로써 작품 저자의 자격을 부분적으로 철회한다. 그는 자신이 궁정소설의 저자라고 스스로 밝히면서도, 이야기를 지어낸 주체, 허구의 창조자로 자처하지는 않는 것이다. 그는 허구적 이야기의 저자이기를 포기하고, 사실적 이야기의 저자, 또는 단순한 이야기꾼의 위치에 머무르려 한다.[36]

---

36) 근대 소설의 선구적 작품인 『돈키호테』에서 세르반테스가 자기 작품의 창작적 성격을 드러내기 위해 이처럼 전거를 끌어대는 전통적 서사문학의 관습을 패러디하고 있다는 점은 흥미롭다. 소설의 9장에서 세르반테스는 돈키호테 소설의 거의 전체 이야기가 담긴 아라비아의 역사가 시데 아메떼 베넹헬리의

문자 문명의 시대에 서사문학이 저자의 딜레마를 해결하는 또 하나의 방법은 익명화다. 저자의 이름을 감추고 익명으로 발표하거나 가상의 저자를 내세우는 방식이다. 이때 텍스트는 진실성을 보증해줄 주체가 없는 고립된 말로 남는다. 이야기가 의심스럽게 느껴지더라도 더 따져 물어볼 데도 없다. 그것을 어떻게 받아들이느냐는 전적으로 독자의 선택이다. 텍스트의 실제 저자는 굳이 모호한 전거를 끌어오지 않으면서도 아무 책임감 없이 사실적 이야기를 풀어놓듯이 서술할 뿐이다. 『삼국지연의』나 『서유기』 같은 중국의 전통적 장편소설의 저자들이 그러한 방식을 따랐다. 서양 근대소설의 초기에 발표된 많은 익명 혹은 가명의 자서전 형식의 소설(예컨대 『로빈슨 크루소』) 역시 이러한 부류에 포함시킬 수 있을 것이다.

4) 서사문학과 극문학의 허구 커뮤니케이션

지금까지 서사문학에서 저자의 존재를 숨기거나 저자의 역할

『라 만차의 돈키호테 이야기』를 시장에서 발견하고 이를 스페인어로 번역하게 한다. 베넹헬리의 책이 세르반테스가 원래 읽기 시작한 돈키호테 실록이 중단된 바로 그 부분에서 시작된다는 기막힌 우연은 시데 아메떼 베넹헬리라는 저자도, 그의 책 『라만차의 돈키호테 이야기』도 모두 허구에 지나지 않음을, 이로써 『돈키호테』가 그 무엇에도 전거를 두지 않은 자신의 창작임을 드러낸다. 세르반테스의 패러디는 더 나아가서 전통적 서사문학에서 거론하는 전거가 허구의 창작에 어떤 진지함과 품격을 부여하기 위한 관습적 장치에 지나지 않음을 폭로하고 이로써 그러한 서사문학 전체의 허구성까지도 암시한다.

을 부정하게 하는 요인에 대해서 고찰해보았다. 결국 이야기의 허구성 때문에 저자 인지를 회피하는 것이니, 이는 역사나 철학과 같이 현실을 대상으로 하는 분야에서는 나타나지 않는 서사문학의 특수한 문제라고 할 수 있다. 그렇다면 역시 허구적 이야기를 전달하는 장르인 극문학의 경우는 어떨까?

극문학의 특징은 무엇보다도 무대 공연을 통해 이야기가 재현된다는 점이다. 무대의 시공간은 실제로는 분명 관객의 관람석과 이어져 있는 현실적 시공간이지만, 공연이 시작되면 극 중 세계의 시공간으로 탈바꿈한다. 관객은 무대를 바라보면서 결코 자신이 침입할 수 없는 세계, 또 자신의 현실에 침입해올 가능성도 없는 세계 속에서 벌어지는 사태를 감상한다. 이때 객석의 현실과 무대 위 현실 사이에는 무한한 거리가 벌어진다. 한달음이면 뛰어 올라갈 수 있는 극장 무대가 순식간에 결코 침투할 수 없는 완전히 다른 시공간으로 돌변한다. 무대 위의 모든 장치, 소품, 무엇보다도 무대 위에 선 배우 역시 이러한 변신의 과정을 겪는다. 배우는 공연이 시작되어 무대 위에 오르는 순간 자신의 정체성을 내려놓고 연극적 현실 속의 인물이 되며, 극 중 인물로서 말하고 행동한다. 배우는 관객과 같은 현실을 사는 인간이지만, 배우가 연기하는 인물은 관객과 절대적으로 분리된 다른 세계에 속해 있다. 극적 세계가 우리의 현실이 아니라는 것, 가상적-허구적 현실이라는 것은 누가 설명하기 이전에 움직일 수 없는 관람의 조건으로서 관객에게 주어진다.

그러나 이와 동시에, 무대 위에 펼쳐지는 가상 세계와 배우의 연기는 그 명백한 허구성에도 불구하고 관객에게 강력한 현실의 환영을 불러일으킨다. 관객은 일단 공연이 시작되면 무대가 환기하는 가상 세계에 침잠한다. 이와 함께 허구성에 대한 의식도 배후로 물러나고 무대 위의 세계를 마치 진짜 현실인 것처럼 진지하게 받아들이게 된다. 관객은 극적 세계의 가상성을 알지만, 그 세계를 진짜 현실로 느낀다.

이로써 극문학에서는 서사문학의 저자가 처한 딜레마가 사라진다. 서사문학의 저자는 지어낸 이야기를 사실인 것처럼 말해야 한다. 반면 극작가는 대본을 쓰면서 이야기를 지어내지만, 그것을 직접 관객에게 말해야 하는 입장은 아니다. 극작가는 이야기를 지어내고 지어낸 것을 이야기 속 인물들이 말하게 한다. 극에서는 따로 이야기를 들려주는 사람이 없이 등장인물의 대화 자체가 관객에게 이야기 전달의 기능을 대신하기 때문에, 어떤 의미에서는 인물들 자신이 이야기꾼이라고 할 수 있다. 이야기를 짓는 것은 극작가요, 이야기를 하는 것은 극 중 인물이다. 이야기 짓기와 이야기하기, 두 역할이 극문학에서는 처음부터 명확히 분리되어 있다. 따라서 극작가는 자신이 지어낸 허구적 이야기를 스스로 사실인 것처럼 내세워야 하는 부담에서 자유롭다. 즉 서사문학의 작가처럼 사실을 이야기하는 척하기 위해 자신의 이름을 숨기거나 '친구의 친구' 같은 알리바이를 따로 만들어 이야기 저자로서의 자격을 스스로 부정할 필요가 없는 것이다. 지어내고서 지어낸 것을 부정해야 한다는 서사문학 저자의 모순은 극문학에서는 가상임을 알면서도 이를 현실로 느낀다는 관객의 이중의식으로 전환된다. 허구성과 현실성의 모순을 감당하는 것은 관객의 몫이다. 이야기의 허구성을 적당히 부정하거나 은폐하기 위해 저자성을 부정해야 한다는 압력은 극문학에는 존재하지 않는 것이다.

이상의 고찰에서 드러나듯이 전통적인 서사문학과 극문학은 허구 커뮤니케이션이 취할 수 있는 두 가지 방식을 보여준다. 전통적인 서사문학의 허구 커뮤니케이션이 허구와 사실의 경계를 모호하게 하는 방식이라면, 극문학에서 허구 커뮤니케이션은 동일한 현상에 허구의 차원과 사실의 차원을 동시에 부여하는 방식으로 이루어진다. 이는 연기하는 배우와 말하고 행동하는 인물의 이중성에서 잘 드러난다. 무대 위에 선 배우는 배우로서는 연기하고, 인물로서는 실제로 말하고 행동한다. 오이디푸스를 연기하는 배우는 눈을 진짜로 찌르지 않고서도, 자신이 스스로 눈을 찔러 앞이 보이지 않게 되었다고 외친다. 그 외침은 작가와 배우와 관객이 실제로 살고 있는 현실 세계의 관점에서는 허구적이지만, 오이디푸스라는 인물의 말로서는 명백한 현실을 가리킨다. 그것은 도시 전설 이야기꾼의 진술처럼 정말인지 거짓말인지 모호한 영역에서 어른거리는 말이 아니다. 연극의 대사는 허구적인 동시에 사실적인 말이다. 관객은 이러한 이중성에 대한 뚜렷한 의식 속에서 극을 관람한다.

서사문학이 허구적이고 창작적인 성격을 명시하고 그러한

창작 주체로서의 저자를 투명하게 밝히기 위해서는, 극문학과 같은 허구 커뮤니케이션 방식을 채택해야 한다. 그것은 저자의 이야기하는 말 자체가 연극의 대사와 같은 이중성을 지녀야 함을 의미한다. 극작가가 쓴 허구적인 대사가 극중 인물의 입을 통해 발설될 때 사실적인 말이 되는 것처럼, 서사문학에서 허구적 이야기를 전하는 말도 저자 자신과 구별되는 어떤 가상적 진술 주체에게 맡겨진다면 사실성을 획득할 수 있다. 허구적 이야기를 짓는 저자와 그 이야기를 사실로서 보고하는 가상적 주체의 역할 분리가 이루어져야 한다는 것이다. 이러한 분리는 이야기를 지어내고도 마치 사실처럼 이야기해야 하는 서사문학 저자의 딜레마를 해소한다. 저자는 이제 순수한 창작의 주체로서, 허구적 이야기의 저자로서 전면에 나설 수 있다. 독자는 작품의 허구성을 처음부터 분명히 인식하게 된다. 반면 독자에게 사실성의 환영을 불러일으키는 역할은 저자가 아니라 전적으로 저자가 창조한 가상적 진술주체의 몫이 된다. 근대 소설이 서사문학의 커뮤니케이션 방식을 이러한 방향으로 혁신한다. 근대소설이 발명한 화자가 바로 이야기하는 말의 이중화를 가능하게 한 가상적 진술 주체다.

5) 근대소설과 화자의 유형

20세기에 발전한 이야기 이론narratology은 소설과 같은 서사문학 텍스트의 분석에서 이야기 세계를 창조하는 저자와 그 세계에 관해 보고하는 화자의 구별을 보편타당한 공준으로 전제하는 경향을 보인다. 그러나 저자와 화자의 구별이 서사문학에 일반적으로 적용 가능한 것은 결코 아니다. 위에서 본 것처럼 크레티엥 드 트루아와 같이 저자가 자신의 이름을 내세워 이야기를 하면서 작품의 허구성을 표면적으로 부정하는 경우에, 저자와 구별되는 가상적인 진술 주체를 따로 상정하는 것은 불가능하다. 근대소설의 출발을 알린 작품으로 간주되는 『돈키호테』에서도 여전히 저자인 세르반테스와 돈키호테의 행적에 관해 보고하는 화자는 깔끔하게 분리되지 않는다. 세르반테스는 소설의 서문에서 처음에는 돈키호테를 자신의 자식 같은 존재라고 함으로써 허구적 인물을 창조하는 소설가의 입장을 드러내는 듯하다가도 마지막 부분에 가서는 마치 자기가 살고 있는 세계의 실존인물에 관해서 말하듯이 돈키호테에 관해 이야기하고 있기 때문이다.[37] 세르반테스는 이야기를 지어내는 저자의 입장과 사실 보고를 하는 화자의 입장 사이를 동요한다. 그러나 하나의 서문을 두고 이 부분은 세르반테스 자신이 작가로서 발언한 것이고, 저 부분은 작가 세르반테스와 구별되는 화자의 목소리라고 말할 수는 없는 일이다.

　　여기서 다음과 같은 점을 확인할 수 있다. 저자와 화자의 이론

---

[37] 세르반테스는 서문 첫머리에서 자신이 돈키호테의 아버지 혹은 의붓아버지라고 말함으로써 인물을 만들어낸 작가로서의 입장을 표명한다. 그러나 뒷부분에 가서는 다음과 같이 주장한다. "라만차의 돈키호테로 말하면, 이 근방 몬띠엘 평야 지역의 모든 주민 말로는, 그 주변에서는 오래전부터 지금까지 가장 용감한 기사이자 제일 순수한 연인이었다고 합니다"(세르반테스 2005, 24).

적 분리는 작가가 의도적으로 자신과 구별되는 가상의 진술주체를 구성한 경우에만 유의미하다. 저자/화자 분리의 이론은 분리의 실천이 낳은 결과이며, 이 이론을 그러한 실천 이전의 텍스트에까지 소급 적용하려 해서는 안 된다.

그러면 저자와 화자의 실천적 분리는 어떻게 일어나는가? 하나는 이른바 1인칭 서술, 또는 제라르 주네트가 동계서사라고 부른 방식으로서(Genette 1994, 175), 이때 저자는 적극적으로 자기와 구별되는 고유한 정체성을 가진 인물을 창조하고 허구적 이야기를 사실적으로 보고하는 화자의 역할을 이 인물에게 맡기는 것이다. 다시 말하면 저자는 허구적 이야기를 지어내기만 하고, 저자 대신 어떤 허구적 인물이 등장하여 몸소 경험하거나 전해 들은 자의 입장에서 그 이야기를 하는 것이다. 그러한 화자를 인물 화자라고 부를 수 있다. 물론 인물 화자가 하는 말을 실제로 쓴 것은 소설의 저자다. 마치 극문학에서 인물이 스스로 말하는 것처럼 보이지만 실제로는 극작가의 대본을 그대로 따라하는 데 지나지 않는 것처럼 말이다. 이때 중요한 조건은 이야기하는 화자가 허구적 인물이고 그와 구별되는 진짜 저자가 따로 있다는 사실이 독자에게 분명히 밝혀져야 한다는 것이다. 그럴 때에만 이야기하는 화자의 말이 연극 대사처럼 허구적이자 사실적인 이중 진술로서 수용될 것이고 독자를 오도하지 않을 수 있을 것이다. 대니얼 디포는 로빈슨 크루소를 쓰면서 이야기를 전적으로 로빈슨 크루소라는 허구적 인물에게 맡겼지만, 초판에서 자신이 책의 실제 저자임을 밝히지 않았

기 때문에 많은 독자들에게 무인도에 표류한 선원의 진짜 수기라
는 오해를 불러일으켰다(Defoe 1998, vii). 이때 『로빈슨 크루소』는 아
직 1인칭 소설이 아니라 위조된 수기일 뿐이다. 나중에 디포가 자
신이 저자이고 로빈슨 크루소가 허구적 인물임을 밝혔을 때 비로
소 이 작품은 1인칭 소설이 된다.

인물 화자를 통한 저자와 화자의 분리는 근대소설 초기 이래
허구 커뮤니케이션의 대표적 형식의 하나로 정착된다. 인물 화자
는 흔히 현실에 존재하는 사실적 담화 장르의 저자로 설정된다. 수
기나 자서전 외에도 편지, 일기, 연대기 등의 장르가 인물 화자의
서술 형식으로 차용되었다. 현실에 존재하는 서술 형식의 차용은
독자의 의식에서 허구성에 대한 생각을 배후로 밀어내고 진실성
의 느낌을 강화하는 기능을 한다.[38]

인물 화자의 진술은 자기 진술과 타자 진술로 나누어볼 수 있
다. 자기 진술이 위주가 되면 자서전이나 수기의 형식에 가까워지
고, 타자 진술이 위주가 되면 보고의 형식이 된다. 노먼 프리드먼
의 유형론에서 자기 진술 위주의 서사에서 인물 화자가 "주인공으

---

38) 소냐 글라우흐는 인물 화자와 저자의 분리를 역사적 과정으로 서술한다. "근
    대 초기부터 1인칭 소설의 역사는 저자의 말이 점점 타자화되고 외화되는 과
    정이었다. 낯선 서술자의 입장을 꾸며내는 것, 낯선 목소리가 가상적인 자서
    전 저자가 되어 말하게 하는 것이 이 이야기 형식의 매력 가운데 하나다. 반대
    로 실제 저자의 목소리는 점점 텍스트에서 사라진다." 그러나 이러한 물러남
    의 과정은 단번에 이루어진 것이 아니었다. 근대 초기의 1인칭 형식에서는 곧
    잘 저자 자신의 목소리가 인물 화자의 목소리에 섞여드는 것 같은 현상이 일
    어난다(Glauch 2010, 179).

로서의 나"라면, 타자 진술 위주의 서사에서 인물 화자는 "목격자로서의 나"가 된다(Friedman 1975, 150-152). 자기 진술과 타자 진술의 구별은 인물 화자의 인격이 구성되는 방식과 관련하여 중요한 의미가 있다. 인물 화자는 허구적 존재인 까닭에 독자는 그에 관하여 소설 외부에서 소설과 독립적인 출처에서 나온 정보를 얻을 수 없고, 오직 그가 하는 말을 통해서만 그가 어떤 사람인지를 알거나 짐작할 수 있다. 인물 화자의 인격을 구성하는 작업은 오직 텍스트 내재적으로 이루어질 수 있을 뿐이다. 그런데 화자 구성의 과정은 자기 진술과 타자 진술에서 다른 양상으로 진행된다. 자기 진술에서 독자는 일차적으로 화자의 진술 속에 서술된 화자 자신의 모습을 본다. 이때 독자에게 나타나는 것이 진술된 주체sujet de l'énoncé다. 다음으로 진술 자체가 그 진술을 하는 사람의 모습을 자연스럽게 떠오르게 할 수 있다. 그것은 진술 주체 혹은 구별을 더 정확히 하기 위해서 진술 행위의 주체sujet de l'énonciation라고 할 수 있다. 자기 진술에서는 진술된 주체의 이미지와 진술 행위 주체의 이미지가 독자의 의식 속에 합류하여 인물 화자의 인격이 구성된다. "주인공으로서의 나"인 로빈슨 크루소는 28년 동안 무인도에서 생존한 끝에 고향에 돌아온 선원일 뿐만 아니라 그러한 자신의 특별한 삶에 관한 수기를 써서 발표한 사람이기도 하다. 반면 순수한 타자 진술에서 화자의 인격은 오직 진술 행위의 주체로서, 즉 진술 행위에 전제된 주체적 역량의 총합으로서 규정될 뿐이다.

　물론 노먼 프리드먼이 '목격자로서의 나'라고 부른 인물 화자도 자기 진술을 전혀 하지 않는 것은 아니다. 인물 화자는 이미 그 정의상 구체적인 개인으로서 정체성을 가지고 이야기 속에 등장하며, 따라서 등장인물로서의 비중에 따라 정도의 차이는 있지만 언제나 자신에 관해 이야기하지 않을 수 없기 때문이다. 따라서 모든 인물 화자는 진술되는 주체이자 진술 행위의 주체이기도 하다. 다만 타자 진술에 치중하는 인물 화자는 『셜록 홈스』 시리즈의 왓슨이나 『모비딕』의 이슈마엘처럼 진술된 주체로서보다는 진술 행위의 주체로서 더 뚜렷한 인상을 남긴다.

이상의 고찰에서 인물 화자를 하나의 허구적 인격으로 창조하는 소설가에게 주어지는 한 가지 제약 조건이 도출된다. 그것은 진술된 주체의 정체성과 진술 행위 주체의 정체성이 조화를 이루어야 한다는 것이다. 진술된 주체가 어린아이인데, 진술 행위의 주체가 성인의 언어적, 지적 역량을 보인다면 독자는 인물 화자를 단일한 인격으로 구성하는 데 어려움을 느낄 것이다. 인물 화자가 이야기 속에 등장하는 인물로서는(진술된 주체로서는) 결코 경험하거나 간접적으로라도 접할 수 없었을 일들을 화자로서(진술 행위의 주체로서) 이야기한다면, 이 역시 독자에게는 부조리하게 느껴질 것이다. 우리는 소설을 읽으면서 모든 대화를 자세하고 생생하게 기억해내는 인물 화자의 기억력에 대해 의구심을 품곤 한다. 이때도 인물 화자는 진술된 주체로서의 정체성과 진술 행위 주체로서의 정체성 사이에서 간극을 드러내며 부조화의 느낌을 불러일으키는 것이다. 여기서 다음과 같은 사실을 확인할 수 있다. 인물 화자는 허구 커뮤니케이션의 딜레마를 해결하기 위한 유효한 장치이기는 하지만, 인물 화자에 의존하는 저자는 허구적 이야기를 펼쳐가는 데 상당한 제약을 감수해야 한다는 것이다.

이러한 제약을 극복하는 것이 저자와 화자를 분리하는 두 번째 방식이다. 제라르 주네트가 말하는 이계서사(Genette 1994, 175), 혹은 전통적으로 3인칭소설이라고 명명된 유형이 이러한 방식을 따른다. 화자에게 저자와 명백히 구별되는 개인적 인격을 부여하는 것이 저자와 화자를 분리하는 적극적 방식이라면, 지금부터 살펴볼 두 번째 방식은 소극적인 분리라고 할 수 있다. 저자는 자신의 이야기가 허구임을 처음부터 밝힘으로써 자신이 이야기를 지어낼 뿐, 이야기를 실제로 일어난 일로 주장하는 진술 주체가 아님을 드러낸다. 여기까지는 이른바 1인칭 형식, 또는 적극적 분리의 방식과 다르지 않다. 그런데 저자가 이야기하는 자가 아니라면, 누가 이야기하는 것인가? 누가 화자인가? 저자가 화자의 자리를 특정한 인물로 채우면 인물 화자가 되지만, 소극적 분리 방식에서는 저자가 이야기하는 자의 자리를 떠난 뒤에 그 자리가 빈 채로 남는다. 화자는 일체 자기 진술을 하지 않는다. 그는 심지어 자신을 가리키는 '나'라는 인칭대명사조차 사용하지 않는다. 화자가 누구인지, 언제 어디서 이야기하는지 특정할 수 있는 어떤 정보도 제시되지 않는다. 자아 원점은 미궁에 빠진다. 정체불명인 화자의 말은 순수하게 타자 진술로만 이루어져 있다. 그는 결코 진술된 주체로서 묘사되는 일이 없으며, 독자에게 전적으로 진술 행위 주체로서만 나타난다. 독자는 눈앞에 펼쳐진 진술에만 의거하여 그 진술을 생산하는 발화의 주체를 상정한다. 그렇게 구성된 화자는 이야기 행위에 자연스럽게 전제되는 역량을 지닌 주체라는 추상적 규정 이상의 정체성을 지니지 못한다. 만일 독자가 화자를 어떤 인격적 존재로 느낀다면, 그것은 진술 행위, 이야기 행위를 수행하기 위해서 인간적 주체성과 역량이 요구되기 때문이다. 즉 이야기하기는 오직 인간만이 할 수 있는 것이라 느끼기 때문이다.

그런데 이 정체불명의 화자가 적어도 말을 하는 인간일 것이라는 생각도 그다지 자명한 것은 아니다. 왜냐하면 타자 진술밖에 하지 않는 화자, 독자에게 오직 익명의 진술 주체로서만 지각되는 화자는 진술 행위를 수행함에 있어서 대부분 평범한 인간의 역량을 훌쩍 뛰어넘는 듯이 보이기 때문이다. 무엇보다도 소설에서 아무도 알 수 없는 인물의 심리가 세밀하게 묘사될 때 이러한 화자의 초인간적 특성이 분명히 드러난다. 독자가 진술 행위에서 그 행위 주체의 역량을 추측하고 이를 통해 화자를 재구성한다면, 인물의 내면 묘사에 있어서 인간적 한계를 알지 못하는 화자에 대해서는 초인적이고 심지어 신적인 주체라고 생각할 수밖에 없을 것이다. 그래서 전통적 이론은 이런 화자를 흔히 전지적이라고 불러온 것이다.

그렇다면 전지적 화자는 호메로스가 아킬레우스의 분노에 관해 이야기하기 위해 소환하던 뮤즈 여신의 환생인가? 어떤 사람들은 그런 상상을 한다. 그래서 전지적 화자를 가리켜 올림포스적 시점이라는 용어를 사용하기도 한다. 그러나 전지적 화자를 동원하는 근대의 소설가들과 호메로스 사이에는 중요한 차이가 있다. 호메로스는 전능한 불사의 신들이 인간과 소통하며 인간사에 개입하는 세계를 노래하며, 호메로스의 노래에 진실성의 권위를 부여하는 뮤즈 역시 노래 속에 등장하는 신들과 마찬가지로 올림포스 산정에 속해 있다. 서사시의 세계 속에 이미 신들이 살고 있으니 그 세계에 관한 노래를 신의 목소리가 들려준 것이라 해도 이상할 것이 없다. 그러나 이를테면 프란츠 카프카의 『변신』 같은 소설을 생각해보자. 이 소설은 어느 날 갑자기 갑충으로 변신한 남자의 이야기다. 주인공 그레고르 잠자는 벌레가 된 뒤에 대부분의 시간을 자기 방에 갇혀 혼자 지내다가 죽음에 이른다. 그는 인간의 의식을 가지고 있지만 언어를 통해 다른 사람들과 소통하지 못한다. 화자는 그런 그레고르의 삶을 상세하게 서술한다. 잠자는 누구와도 이야기할 수 없었는데 그의 마음속 생각은 어떻게 화자에게 전해지는가? 잠자가 방에 혼자 있을 때 누구도 그를 관찰하지 않았는데 화자는 혼자 있는 그가 한 행동과 그에게 일어난 일들을 어떻게 알았는가? 화자는 신통한 능력으로 공간의 장벽과 육체적 경계를 뛰어넘어 모든 것을 투시할 수 있는 존재인가? 카프카는 벌레가 된 채 고립된 주인공의 이야기를 지어냄으로써 이와 동시에 어떤 신적인 능력을 갖춘 환상적인 진술 주체도 함께 창조한 것인가?

카프카가 『변신』에서 멀쩡하던 인간이 갑자기 벌레로 변할 수 있는 어떤 환상적 세계를 창조한 것은 사실이다. 그러나 그가 이 세계 속에 초현실적, 초인간적 능력을 갖춘 관찰과 진술의 주체를 투입하여 소설의 환상성을 더 강화하려 한 것이라 할 수는 없을 것이다. 벌레로 변한 잠자의 경험과 생각을 샅샅이 관찰하고 보고하는 이 신통한 화자는 잠자의 방 안에 투명인간처럼 도사리고 있는 것도, 올림포스 산정에서 마법의 거울로 잠자의 방을 들여다보고 있는 것도 아니다. 화자가 놀라운 투시 능력을 보인다고 해서 그를 허구 세계의 천상계에 거하는 어떤 신적인 주체로 규정한다면, 전지적 화자가 현실을 세밀하게 그려 보이는 19세기의 전형적인 사실주의 소설 역시 모두 초현실적 환상소설의 성격을 지닌다고 말해야 할지도 모른다. 그러나 현실의 충실한 재현을 추구한 사실주의 작가들에게 그러한 초현실적 주체를 소설 세계 속에 투입할 의도가 있었다고 가정하는 것은 부조리하다.

그러면 이 엄청난 능력을 지닌 정체불명의 화자를 어떻게 이해해야 할까? 저자와 화자의 분리가 가지는 의의에 대해 다시 생각해보자. 그것은 이야기를 짓는 것과 이야기를 하는 것 사이의 모순을 해결하기 위한 방책이다. 서사문학의 저자는 이야기를 짓지 않은 척하면서 이야기하는 전통적 방식을 버리고, 자신이 이야기를 지은 주체임을 당당하게 밝힌다. 그리고 화자라는 제2의 주체에게 이야기하기를 위임한다. 저자가 지은 이야기가 화자에게 위임될 때 진술 형식의 변환이 일어난다. 이야기 짓기의 형식이 '옛날에 어떤 왕이 중병이 들었다고 상상해보자'라면 이야기하기의 형식은 '옛날에 어떤 왕이 중병이 들었다'이다. 저자에게 귀속되는 이야기 짓기를 화자의 이야기하기로 변환하는 것은 아주 간단하게 말해서 이야기를 짓는 과정에서 생성되는 모든 문장에서 '~라고 상상해보자'를 제거하는 작업이라고 할 수 있다. 그것은 이중의 변화를 초래한다. 한편으로 대상 차원에서 상상적 사건이 실제 사건으로 바뀌고, 다른 한편으로 주체 차원에서 상상하는 주체가 실제로 알고 확언하는 주체로 바뀐다. 변환은 대상 차원에서는 1대1로 무리 없이 이루어진다. 모든 상상적 사건이 '~라고 상상해보자'를 지우는 것만으로 실제 사건으로 바뀐다. 그러나 주체 차원에서는 1대1 변환에 난관이 있다. 왜냐하면 주체가 상상할 수 있는 것의 한계와 주체가 알고 이야기할 수 있는 것의 한계가 다르기 때문이다. 상상하는 주체는 저자로서 특정한 개인이다. 그는 상상력이 닿는 한 모든 것을 지어낼 수 있다. 그런데 저자가 이렇게 상상한 이야기를 자신과 같은 개인적 주체에게 이야기하도록 위임하려 하면 어떤 부분은 변환이 불가능해진다. 저자의 위임을 받은 화자가 시공간적, 신체적 제약 속에 갇혀 있는 인격적, 개인적 주체라면 저자가 상상할 수 있는 모든 것을 다 이야기할 수는 없기 때문이다. 그래서 개인으로서 정체성을 갖춘 인물 화자가 이야기하는 경우 저자는 상상의 범위를 인간이 알고 확언할 수 있는 범위에 한정해야 한다는 강한 압력 아래 놓이게 된다. 저자가 자유롭게 상상한 것을 손실 없이 사실적 이야기로 변환하는 한 가지 방법은 화자를 마법적인 투시력을 가지고 아무도 모르게 언제 어디에나 접근하여 이야기 세계의 모든 일을 염탐할 수 있는 신비로운 주체로 설정하는 것이다. 전지적 화자라는 개념에는 저자가 이와 같은 초인적 화자-인물을 창조한다는 생각이 깔려 있다. 그러나 위에서도 말했듯이 현실을 핍진하게 재현하기 위해 '전지적 화자'를 즐겨 활용한 사실주의 작가들의 경우를 생각해본다면, 그들이 이처럼 반사실적이고 비현실적인 요소를 작품 속에 투입하려고 의도했다고 할 수는 없다. 그들은 다른 길을 택했다.

물론 자유로운 상상을 손실 없이 사실 확언의 형식으로 변환하면 어쩔 수 없이 진술 주체에게 비현실적 전지성의 인상이 생겨난다. 그러나 그것은 작가가 의도적이고 적극적으로 창조한 주체의 형상이 아니라, 이야기 짓기의 형식을 이야기하기의 형식으로 변환하는 과정에서 불가피하게 발생하는 원치 않는 부산물 같은 것이다. 그것은 신비주의와는 아무 관계가 없다. 특히 사실주의를 지향하는 소설에서는 화자의 비현실적 전지성이 이야기의 허구적 기원을 더욱 강하게 상기시키고 독자가 이야기에 몰입하는 것을 방해하는 요인이 될 수 있다. 따라서 저자는 독자가 소설을 읽으면서 화자의 비현실성에 주의를 돌리지 않도록 화자를 최대한 보이지 않게 하려 한다. 그리하여 독자가 화자의 진술 내용에만 집중하면서 그 내용을 전달하는 주체에 대해서는 거의 생각하지 않기를 바라는 것이다. "전지적 화자"가 자기 진술을 전혀 하지 않는 순수한 타자 진술의 주체가 된 것은 이 때문이다.

따라서 전지적 화자는 놀라운 투시력을 가진 마법사나 전지전능한 신이라기보다는 영화 카메라의 시선과 같다고 보아야 할 것이다. 영화 장면을 구성하는 카메라 시선은 영화 속 인물들을 곁에서 관찰한다. 그러나 인물들은 그러한 관찰자가 전혀 존재하지 않는 듯이 행동하며 관객도 동일한 가정하에 영화를 관람한다. 관객은 영화 세계 속에 침입한 관찰자에 대해 생각하지 않으며 다만 카메라의 시선이 보여주는 대로 영화 장면의 전개를 따라갈 뿐이다. 영화 세계에서 두 인물만이 나눈 은밀한 대화는 카메라 시선에 포착되더라도 비밀로 남아 있다. 카메라 시선은 그 세계 속에 존재하지 않기 때문이다. 카메라는 관찰하기 위해서 영화 세계 속에 진입해야 하지만 그 세계에 속하지 않는 것으로 간주된다. 그런 의미에서 카메라의 시선은 불가능한 시선이다.

이른바 전지적 화자도 이와 마찬가지다. 전지적 화자 역시 소설의 세계에 관해 이야기하기 위해서는 그 세계를 직접 경험하고 관찰하고 알아야 한다. 그는 이 세계 어디에나 접근할 수 있어야 한다. 그는 심지어 벌레가 되어 혼자 갇혀 있는 남자의 방 안에 자유롭게 들어갈 수 있고, 그 남자의 뇌 속에까지 파고들어가 그의 모든 지각과 심리적 흐름을 기록한다. 그는 도처에 있다. 그러나 그는 그 어디에도 없다. 그는 우리에게 주인공의 내밀한 이야기를 들려주지만, 우리는 그가 주인공의 세계에 공존하는 어떤 인물이라고 생각할 수 없다. 주인공의 세계가 모든 것을 내려다보고 꿰뚫어보는 어떤 신적 존재를 포함한다고 생각할 수도 없다. 화자는 신처럼 전지성이라는 역량을 갖춘 주체가 아니다. 그는 신과 같은 의미에서 편재하는 존재가 아니다. 그는 오히려 어디에도 없는 자에 가깝다. 그는 어디에나 임하지만 동시에 어디에도 없는 무소적인 화자, 모두를 알지만 누구에게도 알려지지 않은 무명의 화자다.[39] 영화 카메라의 시선이 불가능한 시선인 것처럼 전지적 화자는 존재하지 않는 진술 주체, 불가능한 진술 주체다. 화자의 모순은 우리가 그것을 의식하지 않음으로써 다소 어정쩡한 방식으로 해소된다. 그것은 오직 이야기가 허구이기 때문에 허용되는 것이며, 독자가 이야기에 실감을 느끼며 몰입하기에는 충분한 정도의 해결책이다. 마치 영화 관객이 카메라 시선의 부조리함으로 인해 영화 감상에 방해를 받지 않는 것처럼 말이다.

6) 서사문학의 새로운 익명주의

근대에 이르러 소설가는 가장 대표적인 저자, 즉 근대적 저자의 이념이 요구하는 독창적 저자의 범례로 부상하기에 이른다. 18세기 후반부터 본격적으로 형성된 미적 가치의 독자성과 자율적 예술에 관한 이념, 독창적인 천재이자 창조자로서의 시인과 예술가의 숭배, 유희로서의 예술에 대한 관념 등은 이야기를 지어내는 허구의 창작자에게 이전보다 훨씬 더 중요한 문화적 의미를 부여

---

39) 무소적 화자는 '나'라고 불릴 수도, 시공간 좌표상의 어느 지점에 거하지도 않는 화자, 자아 원점을 갖지 않는 화자다. 무소적 화자의 개념에 관해서는 김태환(2016; 2018)을 참조할 것.

할 수 있는 조건이 되었다. 전승자로서의 이야기꾼에서 창조하는 소설가로의 완전한 탈바꿈이 일어난다. 서사문학의 저자는 익명성 속에 숨어 있거나 저자로서의 자격을 부인하고 단순한 이야기꾼으로 스스로를 격하해야 하는 처지에서 벗어날 뿐만 아니라, 이제는 오히려 그 어떤 저자보다도 더 강한 의미의 저자, 저자 중의 저자로 우뚝 솟아오른다. 비허구적 텍스트의 저자들이 단지 주어진 세계에 관해 글을 생산하는 존재라면 창조적 주체로서의 소설가는 글을 통해 세계 자체를 생산하는 자이기 때문이다.

저자와 화자의 분리 과정은 이야기 짓기의 주체인 서사문학의 저자가 누리게 된 새로운 위상과의 관계에서도 이해할 수 있다. 미적 이념과 저자관의 변화에 따라 서사문학의 저자가 진실과 거리가 멀고 진지하지 않은 오락거리를 꾸며낸다는 오명에서 벗어나 창조적 주체로서 전면에 나설 수 있게 되었다면, 소설가를 이처럼 창조적 주체로 정립하기 위해서는 단순히 사실을 전하는 이야기꾼으로서의 면모를 그에게서 깨끗이 분리해낼 필요가 있었던 것이다. 전통적인 서사문학의 저자에게는 이야기를 짓는 주체의 면모와 이야기하는 주체의 면모가 혼재되어 있었고 그때 전자의 측면이 가능한 한 가려져야 했지만, 이제 창조의 주체가 된 소설가는 오히려 단순한 사실의 전달자로 보이는 것을 회피하게 된다. 저자와 화자의 분리는 지어낸 것을 사실로 이야기해야 한다는 서사문학의 고유한 딜레마를 해소할 뿐만 아니라, 저자를 순수한 창조의 주체로 구성하는 방책이 된다.

여기서 한 가지 흥미로운 것은 소설의 저자가 익명의 그늘에서 빠져나와 창조적 주체로 인정받는 동안, 저자와 분리된 화자는 반대로 상당수가 익명화의 길을 갔다는 사실이다. 물론 근대소설에서 화자가 뚜렷한 정체성을 가지고 수기나 자서전을 쓰거나 목격담을 이야기하는 1인칭 서술(동계서사)도 적지 않지만, 정말 많은 중요한 작품들에서 타자 진술밖에 하지 않는 무소적인 익명의 진술 주체가 화자로 등장하는 것을 볼 수 있다. 장편소설일수록 이러한 경향은 두드러진다. 서술 대상의 영역이 포괄적으로 될수록 뚜렷한 정체성을 가진 1인칭 서술자의 한계가 더 큰 단점으로 작용하기 때문일 것이다. 이러한 관찰은 화자의 차원에서 관찰되는 근대소설의 익명주의가 전통적 서사문학의 익명주의적 경향과 어떤 관계가 있는지 생각해보게 한다.

앞에서 말한 것처럼 서사문학에서는 지어낸 것을 사실처럼 말해야 한다는 딜레마에서 익명화의 압력이 발생한다. 저자는 자신의 이름을 아예 밝히지 않음으로써 이러한 딜레마에서 벗어날 수 있다. 익명주의는 저자와 저자가 쓴 것 사이의 관계를 단절하고 저자를 사실에 대한 책임에서 자유롭게 해준다. 그가 쓴 이야기는 주인이 없는 텍스트, 누가 썼는지 알 수 없는 텍스트로 남는다. 텍스트는 어떤 무명씨가 사실적 이야기를 기록한 것으로 보일 수도 있고, 아니면 허구를 사실로 위장하여 쓴 텍스트로 여겨질지도 모른다.

근대소설에서 시도된 저자와 화자의 분리는 저자와 저자가 쓴 문장 사이의 관계를 단절하는 또 다른 방식이라고 할 수 있다. 저자와 화자가 분리됨으로써 저자가 쓴 것이 저자의 문장이 아니라 화자의 진술이 된다. 이제 서사문학의 저자는 자신의 문장을 화자라는 제2의 진술 주체에게 전가함으로써 자신은 이야기의 창조자로 인정받는 동시에 허구를 사실적 이야기처럼 제시할 수 있게 된다. 지어낸 이야기에 관해 사실처럼 진술한다는 데서 생겨나는 모순은 해소된다. 저자는 이야기를 지어낸 주체로서 독자 앞에 당당히 나설 수 있고, 화자는 화자대로 자신의 인격을 걸고 이야기의 진실성을 보증할 수 있다. 고대적 전승을 진실의 권위로 끌어들일 필요도 없다.

그러나 저자와 화자의 분리에도 불구하고 이야기 짓기와 이야기하기 사이의 모순이 완전히 해소되지는 않는다. 저자가 지은 이야기를 전부 그대로 사실로서 확언하는 화자는 비현실적 전지성의 인상을 독자에게 불러일으킬 수 있다. 이 문제는 인간이 상상할 수 있는 것의 한계와 경험하고 기억하여 이야기할 수 있는 것의 한계가 다르기 때문에 생겨난다. 이제 이야기 짓기와 이야기하기의 모순은 사실이 아닌 것을 사실로 진술하는 데 따른 모순이 아니라, 이야기할 수 없는 것을 이야기하는 데 따른 모순으로 나타난다.

이 모순을 감당해야 하는 자가 바로 화자다. 화자가 이 모순에 빠지지 않게 하려면 상상적 창조의 범위를 화자가 인격적 주체로서 이야기할 수 있는 것의 한계에 맞추어야 한다. 그 제한 조건을 저자가 받아들이지 않을 때 이야기하기와 이야기 짓기의 모순은 화자를 불가능한 진술 주체로 만든다. 그 불가능성이 독자에게 최대한 의식되지 않아야 한다면, 화자는 보이지 않는 익명의 목소리로 남을 수밖에 없다.

결론적으로, 전통적 서사문학에서 허구적 이야기 짓기와 사실적으로 이야기하기의 모순이 저자의 익명화로 이어진 데 반해, 근대소설에서 저자와 분리된 화자 역시 이야기 짓기와 이야기하기의 모순 때문에 아무런 정체성도 획득하지 못하고 익명의 그늘 속에 머물러 있어야 한다. 그리하여 이야기를 지은 저명한 저자(이를테면 톨스토이)와 저자가 지은 이야기를 하는 무명의 화자(톨스토이의 이름없는 화자)가 병존하게 된다. 전통적 서사문학에서 근대적 서사문학으로의 이행은 이야기 짓는 자의 익명주의에서 이야기하는 자의 익명주의로의 변화로 요약할 수 있다. 이야기 짓기와 이야기하기 사이의 긴장에서 비롯된 서사문학의 익명주의는 이렇게 변화된 형태로 근대까지 이어지고 있는 셈이다.

5. 맺음말

저자에 관한 논의는 크게 두 가지 상반된 방향에서의 접근이 존재한다. 하나는 특수성의 측면이다. 우리는 시대와 문화마다 저자의 이상이나 중요성이 달라진다는 데서 출발하여 우리가 당연시하는 저자에 관한 관념에 의문을 제기하고 이질적인 시대와 문화의 특수성을 부각할 수 있다. 그것을 특수주의적 접근이라고 할 수 있다. 다른 하나는 보편성의 측면이다. '저자'라는 현상의 근저에서 인간과 인간적 소통, 사회적 관계의 보편적 원리가 어떻게 작동하고 있는지 주의하면서 저자의 문제에 접근하는 방식이다. 이는 보편주의적 접근이다. 1960년대에 전통적 저자 이념의 위기와 함께 촉발된 저자 논의의 출발이 전적으로 특수주의적이었다면, 적어도 1990년대부터 인간이 텍스트를 쓰고 읽고 텍스트로 무언가를 하는 한 저자는 지워버릴 수 없는 범주라는 입장에서 저자의 귀환을 이야기하는 제2의 저자 논의는 다분히 보편주의적 경향을 나타낸다.

이 책에서는 저자 개념을 언어적 소통 과정의 필수적인 항을 이루는 발신자에서 도출함으로써 보편주의적인 이론적 모델을 구축하고자 했다. 언어적 소통의 목적을 인간과 인간 사이의 관계 맺음이라고 본다면 발신자와 수신자 사이의 전언이란 인간적 관계를 매개하는 수단일 따름이다. 수신자는 전언을 통해 발신자를 만난다. 저자에 대한 관심은 소통의 근본적 의의와 불가분의 관계로 연결되어 있다. 이러한 관점에서는 발신자의 부재/죽음과 전언 자체의 자립화를 주장하는 이론은 본말의 전도로 나타난다.

그런데 발신자-전언-수신자라는 소통의 모델에 따라 저자의 보편적 중요성을 강조하더라도 쉽게 부인할 수 없는 것은 문화적 맥락에 따라서 저자에 대한 극도의 무관심이 지배하는 경우도 분명히 있다는 점이다. 그것은 발신자에 대한 수신자의 관심이 수신자가 받아들이는 전언의 의미와 가치에 달려 있다는 가설을 통해 어느 정도 설명할 수 있을 것이다. 예를 들어서 잔디밭에 '들어오지 마시오'라는 팻말이 서 있다고 하자. 우리가 그 팻말의 전언 배후에 있는 발신자에 관심을 가진다면, 그것은 잔디밭에 들어오지 말라는 금지 명령의 효과가 발신자를 통해서 결정되기 때문이다. 만일 팻말의 문구 아래에 '공원 관리소장 백'이라고 적혀 있다면 우리는 그것으로 발신자에 관해 알아야 할 것을 충분히 확인한 것이다. 우리는 그것으로 만족하고 관리소장 개인의 성격 같은 것에 더 이상 신경을 쓰지 않는다. 우리에게 중요한 것은 금지 명령을 발할 수 있는 발신자의 제도적 권위나 권력뿐이다. 또 다른 예를 생각해보자. 잼을 담은 병뚜껑이 열리지 않는다. 열리지 않는 병뚜껑을 어떻게 열 수 있는지 인터넷을 검색해본다. 검색된 어떤 블로그에서 요령을 알아내어 병뚜껑을 열고 잼을 먹는다. 우리는 검색을 통해 원하는 정보를 얻고 소기의 목적을 달성한다. 그 블로그의 제목조차 기억에 남지 않는다. 우리는 심지어 "인터넷에서 그러는데…"또는 "네이버에서 그러는데…" 하는 식으로 표현하는 데 익숙해져 있다. 병 따는 방법에 관해 실제로 사진을 올리고 글을 쓴 수고를 아끼지 않은 블로거 개인을 거의 생각하지 않고 마치 검색을 가능하게 해준 인터넷이, 혹은 네이버가 그 소통 과정에서 발신자의 위치에 있는 듯이 말하는 것이다. 정보를 얻으려 할 때 실용적 견지에서 우리에게 중요한 것은 그 정보를 제공한 자가 신뢰할 만한 자격이 있느냐이다. 압도적인 정보를 가장 빠르게 접근하게 해주는 물량 공세로 인터넷은 사람들의 상상 속에서 정보의 질에 대한 일정한 믿음을 보장해주는 신화적 저자로까지 등극한다. 그 속에서 실제로 정보를 제공한 수많은 개인 저자들은 잊힌다. 우리가 저자 개개인에게 무관심할 수 있는 것은 전달된 전언의 가치가 평범한 것이기 때문이기도 하다. 물론 필요해서 검색하는 것이고 결국 유용한 역할을 하는 정보이긴 하지만, 그러한 정보를 생산하고 제공한다는 것이 대단히 주목할 만한 특별한 역량의 주체를 떠오르게 하지는 않는다. 분명 누군가가 나에게 제공해준 것이라는 의식은 있지만, 그 누군가에 대해 세세한 관심을 기울일 생각은 들지 않는 것이다. 오히려 그런 정보를 그렇게 쉽게 전달해주는 검색 엔진과 인터넷에 더 큰 공을 돌릴 뿐이다. 이처럼 텍스트의 독서에서 구어적 소통에 이르기까지 수신자가 발신자에 대해 가지는 관심은 소통의 목적이 가지는 특성(명령의 경우 권력, 정보 전달의 경우 신뢰도)과 수신자가 그것에 부여하는 중요성, 전언 생산에 필요하다고 가정되는 역량의 희소성(발신자의 대체 가능성) 등에 따라 규정된다. 사적 편지처럼 그 내용 자체가 개인적인 경우에 발신자에 대한 관심은 전언에 대한 관심과 그대로 겹친다.

서사문학의 익명주의도 이런 식으로 이해할 수 있다. 이야기의 기술은 오락을 위해 거짓을 지어내는 기술로서 사회적인 평가가 그리 높지 않았기에 서사문학의 저자도 자신의 이름을 앞세우려 하지 않았고, 이야기의 청중이나 독자 역시 어떤 이야기를 듣고 즐거움을 누리면서도 평범하고 흔한 수많은 이야기 가운데 하나에 지나지 않는 그 이야기를 누가 만들어냈는지에 대해 큰 관심을 가질 이유가 없었다. 이야기가 이야기다운 재미를 제공해주기만 하면 그것으로 만족할 뿐이었다. 이야기는 얼마든지 대체 가능한 물건, 그저 일상의 소소한 필요나 욕구를 채워주는 물건 같은 것이었다. 우리가 소소한 물건의 제작자에 대해 대단한 관심을 두지 않는 것처럼, 이야기의 저자도 그렇게 인격적인 관심의 대상이 되지는 못하는 사소한 제작자 가운데 하나였을 뿐이다. 더욱이 재미를 위해 지어낸 이야기가 진실로서의 정보 가치를 가지는 것도 아니기 때문에 진실을 책임지는 보증인으로서 저자가 필요한 것도 아니었다. 그래서 이야기가 진지하지 않은 오락 거리로 취급되는 사회에서 서사문학은 생산자와 수용자 사이의 암묵적 합의 속에서 익명적으로 유통되는 것이다.

이러한 관찰은 익명주의에서 저명주의로의 변화가 단순히 존재하지 않던 저자가 갑자기 발명되는 것과 같은 저자관의 혁명적 변화만으로 초래되는 것이 아님을 시사한다. 누차 확인한 것처럼 텍스트 소통뿐만 아니라 모든 소통의 과정은 발신자-전언-수신자, 이 세 개의 항을 필요로 한다. 다만 전언의 특성과 의의에 따라서 발신자와 수신자의 관계가 달라지는 것이다. 그것이 소통적 관계인 한, 어떤 경우에도 발신자의 존재 자체가 수신자의 의식에서 완전히 사라지는 법은 없지만 (마치 우리가 아무리 사소한 도구를 사용하더라도 그 도구가 자연물이 아니라 인공물이라는 것을 잊지 않는 것처럼), 발신자의 공적을 얼마나 인정하고 그에게 개인으로서 관심과 주의를 보내느냐는 우리가 전언에서 무엇을 얻어내는지, 무엇을 위해서 그 전언을 수용하는지에 달려 있다. 근대소설의 발전에서 달라진 것은 독자가 저자를 바라보는 태도만이 아니다. 더욱 결정적인 것은 독자가 소설을 읽는 이유, 독자가 소설에서 얻고자 하는 가치가 과거와 달라졌다는 데 있다. 근대소설은 대체 가능한 오락의 도구에서 하나하나가 고유한 내용과 의미를 지닌 작품으로 인식되기 시작한다. 이에 따라 작품의 이해는 곧 저자의 고유한 개성에 대한 이해를 요구하기에 이른다.

저명주의는 저자가 텍스트의 가치를 인정받음으로써 자신의 가치를 널리 증명할 수 있는 상황에서는 어디서나 번성한다. 인간 사회가 씨족이나 친족적인 범위를 넘어서 모두가 모두를 서로 알지 못하는 익명적 사회의 규모로 확대된 이래, 명성에 대한 욕망은 언제 어디서나 사회를 움직이는 중요한 추진력으로 작용해왔다. 인간은 명성을 원하고, 또 사회는 다수의 구심점이 될 수 있는 명성 있는 사람을 필요로 한다.

그런데 명성을 얻기 위해서는 매체가 있어야 한다. 명성을 가져다준 최초의 매체는 아마도 정치권력이었을 것이다. 인류 문명의 초기 단계에서는 오직 권력자만이 명성을 누린다. 권력은 모든 사람이 권력자의 힘을 느끼고 그의 존재를 인식하지 않을 수 없게 한다. 문자의 발명은 새로운 종류의 명성의 가능성을 가져온다. 그것은 권력자처럼 물리적 힘을 행사할 수 있기에 생기는 명성이 아니라 저자로서의 상징적 가치에서 나오는 명성이다. 또한 문자 발명 이후에 따라온 책과 인쇄술의 발전은 그러한 명성이 미칠 수 있는 범위를 엄청나게 확대한다. 저자로서의 명성이 가지는 사회적 중요성에 비례하여 그러한 명성을 얻고자 하는 욕망도 커지고, 이는 다시 문화의 진보에 커다란 원동력이 된다. 책과 인쇄술, 출판 문화가 발전한 곳에서는 어디서나 비슷한 메커니즘이 작동했다.[40]

40) 이미 조조의 아들 조비(曹操-위나라 문제文帝)가 다음과 같이 말했다고 한다. "문장은 나라를 경영하는 대업이자 썩어 없어지지 않는 훌륭한 일이다. 수명은 시간이 지나면 다하고 부귀의 즐거움도 살아 있는 동안의 일일 뿐, 여기에는 반드시 예정된 종말이 있으니 문장의 끝이 없음만 못하다"(스스무 2013, 66에서 재인용).

다만 이 책의 본론에서 말한 것처럼 문화적 환경의 특정한 구도는 텍스트의 가치가 저자의 가치로 전이되는 것을 방해하고 명성에 대한 욕망이 텍스트의 생산이라는 문화적 영역 속에서 실현되지 못하게 할 수 있다.

　서양 문명은 구텐베르크의 혁신 이후 눈부시게 발전한 근대적 출판 인쇄술에 힘입어 오랜 출판 인쇄의 역사를 가진 중국 문명을 훌쩍 뛰어넘으면서 명성의 욕망에 어마어마하게 넓은 신작로를 내주었다. 저자가 된다는 것은 문화적, 상징적 영역에서 가장 직접적이고 무제한적인 명성을 누릴 수 있다는 약속이었다. 텍스트는 무한히 복제 가능하고, 모든 복제 속에서 저자는 텍스트 속에 담겨 있는 가상의 목소리로서 독자에게 직접 말을 걸 수 있기 때문이다. 상징적 가치를 통해 사회적 영향력을 얻을 수 있는 존재로서 저자가 가지는 압도적이고 독점적인 위치는 20세기에 이르러 시청각 매체의 등장, 복제 및 전송 기술의 비약적 발전으로 위태롭게 된다. 텍스트 생산은 명성의 욕망이 선택할 수 있는 수많은 선택지 가운데 하나로 주저앉는다. 게다가 텍스트는 대중과의 관계에서 발휘하는 효과와 영향력 면에서도 뉴미디어에 비해 현저하게 뒤처진다. 1960년대에 저자의 죽음에 관한 테제가 제출되어 큰 반향을 얻게 된 데는 서양 근대의 주체 이념의 위기라는 철학적 배경도 있었지만, 문자 매체의 영향력 축소도 무시할 수 없는 원인으로 작용했으리라고 추측된다. 저자가 죽었다기보다는 저자가 되고자 하는 욕망이 죽어가고 있었던 것이 아닐까.

21세기의 매체 환경은 이미 저자의 죽음이 운위되던 1960년 대와 1970년대에는 상상조차 하지 못한 방향으로 발전해왔다. 완전히 새로운 소통의 형식들이 등장했다. 공적인 동시에 사적이고, 구어적이면서 문어적이고, 일방적이면서 쌍방향적인, 과거의 기준으로 볼 때는 양립할 수 없는 것 같은 모순적인 속성들이 혼재하는 소통의 형식들. 그 속에서 사람들은 나름의 방식으로 다양한 루트를 조합하면서 명성의 욕망을 실현해가고 있다. 이러한 환경에서 텍스트만을 쓴다는 것, 오직 텍스트의 저자로만 자신의 정체성을 유지한다는 것은 점점 더 은둔의 실천이 되어가고 있다.

참고문헌

김태환. 2018. 「서사적 과거와 화자의 이론」. 『인문논총』 75, 1: 489-527.

김태환. 2016. 「전지성과 서술 형식의 역사」. 『카프카연구』 35: 55-75.

보이드, 브라이언. 2013. 『이야기의 기원』. 남경태 역. 서울: 휴머니스트.

부스, 웨인. 1987. 『소설의 수사학』. 이경우, & 최재석 역. 서울: 한신문화사.

손디, 페터. 2004. 『문학해석학이란 무엇인가』. 이문희 역. 서울: 아카넷.

서경호. 2004. 『중국소설사』. 서울: 서울대출판부.

세르반테스, 미구엘 드. 2005. 『돈키호테 I』. 민용태 역. 파주: 창작과비평사.

심민화. 2017. 「서구 근대적 주체의 한 양상: 몽테뉴의 경우」. 『프랑스문화예
술학회』 61: 143-182.

이노우에 스스무. 2013. 『중국 출판문화사』. 서울: 민음사.

이인성. 1999. 『한없이 낮은 숨결』. 서울: 문학과지성사.

최문규, 고규진, 김희봉, 윤민우, 이경훈, 이기언, 조경식. 2015. 『저자의 죽음
인가, 저자의 부활인가』. 서울: 한국문화사

Abbott, H Porter. 2002. *The Cambridge Introduction to Narrative.*
Cambridge: Cambridge University Press.

Äsop. 2005. *Fabeln.* Rainer Nickel 편역. Zürich: Artemis & Winkler.

Mayer, Robert. 2017. Oxford: Oxford University Press. *Walter Scott and
Fame: Authors and Readers in the Romantic Age.* New York.

Barthes, Roland. 2000. "Der Tod des Autors". In *Texte zur Theorie
der Autorschaft,* Fotis Jannidis, Gerhard Lauer, Matías Martínez, &

Simone Winko 편, 185–193. Stuttgart: Reclam.

Barthes, Roland. 1984. *Le Bruissement de la langue: Essais critiques IV*. Paris: Seuil,

Bennett, Andrew. 2005. *The Author*. New York: Routledge.

Bourdieu, Pierre. 1992. *Les Règles de L'art*. Paris: Seuil.

Burke, Seán. 2008. *The Death and Return of the Author: Criticism and Subjectivity in Barthes, Foucault and Derrida*. 3rd Edition. Edinburgh: Edinburgh University Press.

Campe, Rüdiger. 1991. "Die Schreibszene, Schreiben". In *Paradoxien, Dissonanzen, Zusammenbrüche: Situationen offener Epistemologie*, Hans Ulrich Gumbrecht, & K Ludwig Pfeiffer 편, 759-772. Frankfurt am Main: Suhrkamp.

Chrétien, de Troyes. 1990. *The Complete Romances of Chrétien de Troyes*. David Staines 역. Bloomington: Indiana University Press.

Cooney, Seamus. 1972. "Scott's Anonymity. Its Motives and Consequences". In *Studies in Scottish Literature* 10, 4: 207-217.

Defoe, Daniel. 1998. *The Life and Strange Surprizing Adventures of Robinson Crusoe, of York, Mariner*. J Donald Crowley 편집 및 주해. Oxford: Oxford University Press.

Derrida, Jacques. 1982. *Margins of Philosophy*. Alan Bass 역. Brighton (Sussex): The Harvester Press.

Detering, Heinrich, 편. 2002. *Autorschaft. Positionen und Revisionen*. Stuttgart: Metzler.

Eco, Umberto. 1987. *Über Gott und die Welt*. Burkhart Kroeber 역.

München: Hanser.

Eible, Karl. "Der 'Autor' als biologische Disposition". *In Rückkehr des Autors: Zur Erneuerung eines umstrittenen Begriffs,* Fotis Jannidis, Gerhard Lauer, Matías Martínez, & Simone Winko 편, 47-60. Tübingen: Niemeyer.

Forster, Edward Morgan. 1985. *Aspects of the Novel.* New York: A Harvest Book.

Foucault, Michel. 2000. "Was ist ein Autor?" In *Texte zur Theorie der Autorschaft,* Fotis Jannidis, Gerhard Lauer, Matías Martínez, & Simone Winko 편, 198–229. Stuttgart: Reclam.

Friedman, Norman. 1975. *Form and Meaning in Fiction.* Athens (Georgia): University of Georgia Press.

Galbraith, David. 1999. "Writing as a Knowledge-Constituting Process". In *Knowing what to write: Conceptual Processes in Text Production,* Mark Torrance, & David Galbraith 편, 137–157. Amsterdam: Amsterdam University Press.

Genette, Gérard. 1994. *Die Erzählung.* München: Fink.

Glauch, Sonja. 2010. "Ich-Erzähler ohne Stimme: Zur Andersartigkeit mittelalterlichen Erzählens zwischen Narratologie und Mediengeschichte". In *Historische Narratologie: Mediävistische Perspektiven,* Harald Haferland, & Matthias Meyer 편, 149–186. Berlin: De Gruyter.

Greimas, Algirdas Julien, & Joseph Courtés. 1993. *Sémiotique: Dictionnaire raisonné de la théorie du langage,* Paris: Hachette.

Griffin, Robert J, 편. 2003. *The Faces of Anonymity: Anonymous and Pseudonymous Publication from the Sixteenth to the Twentieth Century.* New York: Palgrave Macmillan.

Hoffman, Thorsten, & Daniela Langer. 2007. "Autor". In *Handbuch Literaturwissenschaft.* Vol 1, *Gegenstände und Grundbegriffe,* Thomas Anz 편, 131-170. Stuttgart: Metzler.

Jakobson, Roman. 1979. *Poetik: Ausgewählte Aufsätze 1921-1971.* Frankfurt am Main: Suhrkamp.

Jannidis, Fotis, Gerhard Lauer, Matías Martínez, & Simone Winko, 편. 1999. *Rückkehr des Autors: Zur Erneuerung eines umstrittenen Begriffs.* Tübingen: Niemeyer.

Jonn-Wenndorf, Carolin. 2014. *Der öffentliche Autor: Über die Selbstinszenierung von Schriftstellern.* Bielefeld: Transcript.

Martínez, Matías. 2005. "Moderne Sagen (urban legends) zwischen Faktum und Fiktion". *Der Deutschunterricht* 57: 50-58.

Martínez, Matías. 2017. "Was ist Erzählen?" In *Erzählen: Ein Interdisziplinäres Handbuch,* Matías Martínez 편, 2-6. Stuttgart: Metzler.

Mukařovský, Jan. 2000. "Die Persönlichkeit in der Kunst". In *Texte zur Theorie der Autorschaft,* Jannidis, Fotis, Gerhard Lauer, Matías Martínez, & Simone Winko 편, 65-79. Stuttgart: Reclam.

Nehamas, Alexander. 1981. "The Postulated Author: Critical Monism as a Regulative Ideal". *Critical Inquiry* 8, 1: 133-149.

Ong, Walter Jackson. 2012. *Orality and Literacy: The Technologizing of the*

Word. 30th Anniversary Edition. New York: Routledge.

Russell, Bertrand. 1905. "On Denoting". In *Mind* (New Series) 14, 56: 479-493.

Saussure, Ferdinand de. 2005. *Cours de linguistique générale.* Paris: Payot & Rivages.

Stingelin, Martin. 2004. "'Schreiben': Einleitung". „*Mir ekelt vor diesem tintenklecksenden Säkulum*": *Schreibszenen im Zeitalter der Manuskripte,* Martin Stingelin 편, 7-21. München: Wilhelm Fink.

Weimar, Klaus. 1999. "Doppelte Autorschaft". In *Rückkehr des Autors: Zur Erneuerung eines umstrittenen Begriffs,* Fotis Jannidis, Gerhard Lauer, Matías Martínez, & Simone Winko 편, 123-133. Tübingen: Niemeyer.

Zima, Peter Vaclav. 1980. *Textsoziologie: Eine kritische Einführung.* Stuttgart: Metzler.

앎-지식문고 시리즈 제1권

실제 저자와 가상 저자
내재적 저자론에서 저자의 사회학까지

김태환

초판 1쇄 발행   2020년 12월 10일
초판 2쇄 발행   2024년 4월 17일

발행인   이인성
발행처   사단법인 문학실험실
등록일   2015년 5월 14일
등록번호 제300-2015-85호

주소   서울시 종로구 혜화로 47 한려빌딩 302호
전화   02-765-9682
팩스   02-766-9682
전자우편 munhak@silhum.or.kr
홈페이지 www.silhum.or.kr

디자인   김은희
인쇄   아르텍

ⓒ김태환
ISBN 979-11-970854-3-7(03800)
값 10,000원

＊이 연구는 서울대학교 미래기초학문분야 기반조성사업으로 지원되는 연구비에 의하여 수행되었음